柳田國男 著
侯詠馨 譯

和日本文豪一起找妖怪

〈下冊〉雪女、神石、織布姥姥還有座敷童子……日本妖怪的神祕傳說

目次

下冊

和日本文豪一起找妖怪（下）

機織御前

1

從水底傳來織布機聲響的傳說，在不同的地方衍生細微的變化，尋訪之後，可以發現各地的大河或大湖沼，通常都有相同的傳說。羽後湯之台的白系澤，據說水神大人隨時都在織布，夜深人靜的時分，水潭裡總會傳出梭子的聲響。

越後[2]深山裡的大木六村，兼任村長及神主[3]的細矢，乃是當地歷史非常悠久的望族，歷代男主人都是獨眼之人。從前，這戶人家有個名為彌右衛門的祖先，某年夏天，他前往國境的山中打獵，迷路之時誤入如今的卷機山[4]。這座山的樹木茂密，藥草豐富，直到近世，都是人們口中的神山，甚至有人敬畏此山，從不踏入山中一步。不過彌右衛門卻在這座深山之中，遇見一名絕世少見的美麗公主，正在織布。他驚訝地停下腳步，定睛一看，對方主動向他攀談，祂說：「人類來到這裡就回不去了，你是個幸運的人，有緣才能見到我的身影。所以我將會降臨你的村落，化為你們一村的鎮守[5]，永遠接受你們的膜拜。快來把我背下山吧，不過，你千萬不能回頭看。」於是他遵照指示，但在回家的途中，他違背了誓言，忍不住想回頭瞄一眼，他把頭往右後方轉，打算看看背上的神明，這時，他的一隻眼睛突然失去了視力，從此之後，凡是誕生於這家的男孩，都會有一隻眼睛比較小。如今是否依然如此呢？我真想親自去考察。（《越後野志》及《溫故之栞》。新潟縣南魚沼郡中之島村大木六）

大木六稱這位女神為卷機權現[6]，如今仍然是村子的鎮守，受到人們的膜拜，然而，有些地方並不會將神明迎接到村子裡，而是主動前往原本的地點參拜、祭祀，有許多村子都採用這種做法。人們總會分批前往參拜，於是原本的傳說逐漸衍生出不同的變化。後來，甚至有許多地方的人遺忘了山神是一名女子。祂是帶著幼兒的姥姥神，不過，傳說中有一些重要的情節，讓人們一直惦記著。例如在寧靜的山谷，聽見溪流水潭中，傳來織布的梭子聲，或是從遠處眺望沒有人能抵達的山峰岩石，看來像是有人在那裡晾曬布料，這些都不是男人的工作，所以山姥姥、山公主的傳說才會恆久流傳。

尤其是碰見山姥姥的情節，聽起來十分可怕，不過祂對村民非常親切，要是在山裡迷路了，還會送他一程。此外，也有祂偶爾下山，來到村裡幫忙村民準備織布時的績麻與紡線的故事。偶爾也有幸運之人，進入深山時拾獲山姥姥的苧麻線團。有人說那團線怎麼也用不完。還有山姥姥養育小孩的故事，足柄山的金太郎[7]絕對不是唯一的傳說。

從前，不管在哪個國家[8]的山裡，似乎都有山姥姥，如今仍留存的故事已經很少了。現在幾乎沒有人知道，山姥姥原本是在水底織布的神明。備後[9]的岡三淵（おかみぶち，Okami Buchi）村，有一座恐怖的水潭，人們甚至以此為村名，岡三就是大蛇的意思。村子的山下，立著一顆二丈高[10]的大石頭，名為山姥姥的曬布岩，據說人們偶爾會在這顆石頭的頂端，看到一塊隨風飄揚的白布。（《藝藩通志》。廣島縣雙三郡作木村岡三淵）

因幡國[11]深山裡的村子，也有非常誇張的山姥姥故事。相傳從栗谷的曬布岩到附近麻尼的立岩與箭溪的動石，從前是山姥姥用來把布鋪平、曬乾的地方。它們的距離至少有兩里[12]。此外，箭溪村的西邊，有一座據傳為山姥姥用來清洗染布用鹼液的小溪谷，岩石之間，隨時都積著顏色與鹼液相同的水。據說這就是山姥姥曬布時留下的水。（《因幡志》。鳥取縣岩美郡元鹽見村栗谷）

如果連小孩都能大笑著聽這些故事，傳說將會愈來愈不真實，甚至發展出更多情節，像是山崩的地方是山姥姥踩出來的足跡，或是小便的痕跡等等故事。土佐的韮生山裡，岩石形成自然的溝痕，人們說這是以前山姥姥種麥子的時候，留下的土堆痕跡。（《南路志》。高知縣香美郡上韮生村柳瀨）

每到春天，孩子放紙風箏的時候，有些地方的孩子會喊：「山神啊，請送風來。」或是「山啊，送風來吧！」如今，少年仍然像在呼喚朋友似的，呼叫山姥姥。要是在傍晚，朝著山的方向大聲呼喊，那邊立刻會模仿你，發出相同的聲音，一般人稱為木靈（こだま，指回音），有些小孩則認為這是山姥姥的惡作劇。木靈也是山神，據說原本人們認為祂是女性。

山姥姥有點壞心眼，經常回答一些小孩不愛聽的、不中聽的話，人們通常叫個性彆扭的孩子天邪鬼（あまんじゃく，Amanjyaku），其實是源於這樣的回音。如同前面的姥姥池，阿滿（あまん）跟阿萬（おまん）都是姥姥神。諸如東京這種遠離山林的地方，從前稱晚霞為「阿萬紅（おまんが紅，Oman ga beni）」。將大半邊的天空染成正紅色，應該是山裡某個女巨人在玩遊戲，用紅色顏料把天空染紅了。

山姥姥織布的故事又衍生出各種不同的形態，廣為流傳。據傳山姥姥在遠州[13]秋葉的深山裡產下三個孩子，三個孩子各自成為大山的主人，山姥姥偶爾會來到村落附近，在水畔織布。秋葉山神社的後方不遠處，有一口深井。原本這座山沒有優質的清泉，一千多年前，神主向神明祈求，才蒙受神明賜予這口井，至於清泉為什麼叫做機織之井呢？因為後來山姥姥從久良支山來到後方的深山裡，住在井邊，織布、縫衣再獻給神明，才會叫這個名字。這一帶的村子，還有兩、三口井，都有同樣的傳說。（《秋葉土產》。靜岡縣周智郡犬居村領家）

秋葉山的神，就是人們俗稱的三尺坊大人[14]，如今也是預防火災的神明，受到人們的膜拜，應該是因為祂本來是負責控管高貴泉源的神明吧！山姥姥與三尺坊大人的關係密切，非比尋常，也怪不得山姥姥來到這裡，為祂織衣服了。相州[15]箱根入口的風祭村，就是後來被帶到築地的治咳老婆婆石像原本所在之地，附近有一座大登山秋葉寺，也不知道在什麼時候，迎來三尺坊，加以供奉。這座寺院也有一夜之間湧出的清泉，相傳水底供奉了兩顆圓球，人們會在該處舉行乞雨祭典。大約三百五十年前，也有一位老婆婆來這裡織布，所以那口井稱為機織之井。老婆婆將這塊布及五百文錢與相關文件一起獻給寺廟，不知上哪去了。後來這些錢就成了寺院的寶物，據說當時的住持身亡後，已經將那塊布製成衣服，穿在他身上了。（《相中襍志》。神奈川縣足柄下郡大窪村風祭）

直到今日，姥姥神仍然不停地織著布，不過一般人的肉眼看不見祂。信州[16]松本附近，有人認為生病是因為神明降臨的關係，許多人認為這是水神的懲罰，有人想像著水神把五色絲線掛在水面，玩著織布的遊戲，若是有人在不知情的狀況下闖入，扯斷或汙損了絲線，神明就會生氣，給予懲罰。因此，我們偶爾會在小河的岸邊等地，看到有人豎起御幣[17]，黏貼著五色絲線，祭拜神明。（《鄉土研究》第二篇。）

戶隱山腳下，裾花川的岸邊，有一顆名為機織石的大岩石，旁邊則有梭石、筬[18]石等等，各種形狀類似織布機工具的石頭。快要下雨的時候，這些石頭附近會發出喀啦喀啦的聲響，表示神明在織布，一旦聽見這些聲音，不管天氣多麼晴朗，都會轉為陰天，兩、三天內，必定會下雨，也許是因為過去人們在這裡舉行乞雨的儀式吧！（《信濃奇勝錄》。長野縣上水內郡鬼無里村岩下）

木曾的野婦池，也是村人每逢乾旱之年，會去乞雨的池子。據說經常有人看見山姥姥在這座池子的水面織布。相傳山姥姥原本是大原村百姓人家的妻子，不過她的頭上長出豎角，後來離家出走，化為山姥姥了。有的故事則是她把柳杖刺進湖畔的地面，自行走入水中，後來那一帶長出許多柳樹，都是因為山姥姥的拐杖冒出新芽，成長茁壯的緣故。（《木曾路名所圖會》。長野縣西筑摩郡日義村宮殿）

從水底傳來織布機聲響的傳說，在不同的地方衍生細微的變化，尋訪之後，可以發現各地的大河或大湖沼，通常都有相同的傳說。羽後[19]湯之台的白系澤，據說水神大人隨時都在織布，夜深人靜的時分，水潭裡總會傳出梭子的聲響。（《雪之飽田根》。秋田縣北秋田郡阿仁合町）

飛驒門和佐川的龍宮潭，據說從前水底經常傳出龍宮的乙姫[20]織布的聲音。

有一回，有人想惡作劇，將馬鞦[21]扔進這座水潭裡，從此之後，再也沒人聽見織布聲了。神話中的天岩屋戶[22]，也是十分類似的故事。（《益田郡誌》。岐阜縣益田郡上原村門和佐）

從前，村落舉辦祭典時，據說每年都會製作新的衣服獻給神明。因此，織布時最忌諱汙穢不潔，人們會在距離鄉里一小段距離的清泉畔，建一座織布殿，再讓年輕女孩於此處紡織重要的布料。後來這股風氣逐漸消逝，人們認為那成了侍奉神明的女神的任務，於是不再了解這件事的來龍去脈，後來，也有人認為是龍宮的乙姬大人，不過，在這裡聽見的織布聲，並不是龍宮傳來的，而一直都是為了當地神明而舉行的活動。如同人們敬畏獨眼魚，不會把牠當成牲禮，由於它是神明的衣料，因此，為普通百姓織布的人會刻意迴避與忌諱，不會靠近傳出織布聲的地方。如今仍然有些村子禁止一般女子在農曆五月期間織布，犯下禁忌的人，將會受到嚴厲的懲罰。

安藝[23]嚴島等地的島神是女性，也許是因為這個緣故，從前全島總是禁止織布（《棚守房顯手記》）。或是當女性手持織布工具行經某座池子時，就會落水而亡，其他村子也有許多類似的故事，應該也是因為這個緣故。

若狹[24]國吉山腳下，有一座機織池，如今已經化為一片水田，據說從前水底會傳出織布的聲響。此外，當這座池子還是大湖之時，一名女子拿著織布的工具，打算通過結冰的湖面，這時湖面的冰層碎裂，女子落水身亡。機織姬神社祭祀的就是那名女子的靈魂，我想這可能是誤解，女神神社旁的池子，規模相當大，才會傳出這麼可怕的故事吧！（《若狹郡縣志》。福井縣三方郡山東村阪尻）

近江[25]的比夜叉池，流傳著更可怕的故事。從前，這座池子的水量變少，人們擔心地卜卦求神，得到的結果竟是只要將一名女子活埋在池底，獻給水神，祂一定會帶來豐沛的水量。這時，領主佐佐木秀茂的奶媽——比夜叉御前，主動表示願意成為活埋的祭品，於是她帶著織布的工具，被人埋在水底下了。後來，池子的水量總是十分充沛，如今，人們稱祂為比夜叉女水神，供奉著祂。據說在午夜時分行經池畔的人，總能聽見水底傳來織布的聲音。（《近江輿地志略》。滋

賀縣阪田郡大原村池下）

奶媽特地帶著織布工具走進池底，這點應該是前一個故事殘留的情節。這裡之所以叫做比夜叉池，也許是因為從前這裡有個可怕的池主吧，據說美濃的夜叉池，名字也是來自嫁給大蛇的富翁千金。也就是說，這類傳說比較容易轉為民間故事。人們經常把民間故事中最有趣的部分結合在一起。

上總[26]的雄蛇池，則有這樣的故事：婆婆討厭年輕的媳婦，不喜歡她織布的方式，於是百般欺凌。媳婦不知如何是好，只好投池自盡，到此為止屬於民間故事；如今，每逢下雨的日子，水底仍然會傳出梭子的聲音，這個部分則屬於傳說。這類故事與池中的雄蛇應該有深刻的關係吧！（《南總乃俚俗》。千葉縣山武郡大和村山口）

然而，這類民間故事若是少了傳說的部分，通常都缺乏有趣的進展。舉例來說，土佐[27]地頭分川下游的行川村，有一座很深的水潭，岸邊有一顆大岩石。傳說中，從前有人潛進這顆岩石的下方，一探究竟，發現潭底有個洞穴，他在洞穴深處看見一名美女正在織綾布。（《土佐州郡志》。高知縣土佐郡十六村行川）這個傳說早已傳至全國，通常都會伴隨著讓人毛骨聳然，或是相當愉快的故事。

在羽後小安的不動瀑布，從前有個樵夫的山刀掉進瀑布潭裡，於是他潛進水裡找刀，卻突然來到一個明亮又美麗的村子。那裡有一棟豪華的宅邸，裡面有一名美麗的女子。她說：「這是你的山刀。」便遞給男子，「你不准再來了。聽聽那個打呼的聲音。那是我的丈夫，也就是龍神的鼾聲。我是仙台某位大人的女兒，已經被龍神擄走，沒辦法逃走了。」在這個故事中，早就已經沒有女子織布的情節了。（《趣味的傳說》。秋田縣雄勝郡小安）

我曾經聽過陸中原台潭的故事，卻是富翁的女兒獨自在水底織布，山刀則靠在織布機的底座上，而且她還請男子傳話，「請我的雙親切勿罣礙。」（《遠野物語》。岩手縣下閉伊郡小國村）

在岩代二本松町附近的鹽澤村，機織御前的故事又有些微的不同。從前，有個人到河邊洗圓鍬，圓鍬不小心掉進河裡。他潛進水裡尋找，結果來到龍宮。

龍宮有一名美麗的公主，獨自一人正在織布。他等了很久，公主才說：「歡迎光臨。」並盛情款待他。不過他擔心家裡，第三天便向公主告別，請侍女送他到半路，回到原來的村子。本以為只過了三天，卻已經是二十五年後了。為了紀念這場相遇，因而興建機織御前神社。不過，這個故事又有其他的說法。我會在下一段敘述，就此打住吧！（《相生集》。福島縣安達郡鹽澤村）

許多地方的人認為機織御前是紡織業的創始神，供奉著這位神明。其中一個是能登的能登比神社，據說這位神明原本與祂的兄長一起降臨到能登國[28]，為神明製作衣服後，將織布的工具扔進海裡，化為今日位於富木浦海灣的織具島。這個地方的紡織業者會在紡線塗上日本稗粟粥，據說這是女神傳授的方法，如今，人們會在四月二十一日的祭典，煮日本稗粟粥祭拜女神。（《明治神社誌料》。石川縣鹿島郡能登部村）

野州[29]那須是那須絹的發源地，他們在綾織池畔供奉著綾織神社。古早之前，館野富翁為了女兒綾姬，迎來綾織大明神，這是現在的歷史，不過在這段歷史之前，有一個驚人的奇談。距今兩百五十年前，這座池子已經被山崩掩埋，變成很小的池子，原本是有名的大池塘。當時，池主化身為美麗的女子，前往京城，成了某個人的妻子，她紡織綾布，於是那家人愈來愈富有，後來更成為家財萬貫的大富翁。有一回，妻子午睡時，丈夫前來一看，只看到一隻大蜘蛛。一場騷動之後，蜘蛛老婆留下一首歌，就逃回家了。這是她留下的詩：

「若郎心繫於妾身，不遠千里來相尋，下野[30]那須御手谷，綾織池畔兩相逢。」（原文：恋しくばたづねて来れ下野の那須のことやの綾織りのいけ）

於是丈夫依循線索而來，於池畔的祠堂與妻子重逢。這首歌是當地的磨臼歌，才能流傳這麼久，這也是那須地方的傳說。（《下野風土記》。栃木縣那須郡黑羽町北瀧字御手谷）

任誰都知道，這首歌與安倍晴明的母親——葛葉之狐故事中的完全相同[31]，不過那須的故事並未提到小孩。然而，原文歌中的那須ことや，指的就是這座神社所在的御手谷，與福島地方的絹布之神——小手姬御前，應該指同一個神明，不過，這個故事卻有提到小孩。最有名的小手姫大人，應該在現在的飯阪溫泉附近，大清水村供奉的那一位，當地稱為機織御前宮。關於祂的傳說非常多，卻沒有完全一致的內容，在目前仍然廣為流傳的版本中，祂是羽黑山的神明——蜂子王子的母親，因為思念王子，才會降臨這個國度，七十歲以前行遍天下，傳授人民養蠶、織絹的技術，後來跳進大清水村的池中自盡。總之，神社前方左右兩側的小池子，池水總是非常清澈，直到今日，村人織完絹布後，仍然會把最後那一截獻給神宮。（《信達二郡村誌》。福島縣伊達郡飯阪町大清水）

我認為小手姫的小手一詞，是不是指婦女的技藝呢？如今，在小手川村裡，還有一個布川部落，據說小手姫曾經來到這裡的河岸，曬著自己織的布。也就是說，織布姥姥的信仰反而比當地開始從事絹織品的時間更早。如此一來，人們流傳小手姫是蜂子王子之母的原因，似乎也明朗多了。小手姫原本的任務是為王子縫製衣服，很早以前，人們就共同祭祀祂們，後來絹織品工業興盛，於是人們才把祂獨立出來，單獨膜拜機織御前了。前面提到的二本松的機織御前，也是由於領主畠山高國在當地打獵，碰上了從天而降的織姬，兩人結婚後，生下兒子松若丸。松若丸七歲之時，母親織姬重返天庭，後來當地人建了這座神社，祭祀織姬（《相生集》），故事愈來愈接近那須綾織池的版本了。從這個角度思考，人們在清泉邊祭拜織布的女神，本來是為了每年獻給年輕男神的新神衣，不管到哪個地方，御姥子大人的信仰都像是岸邊的柳樹，展開一條傳說流傳的路徑。

譯註1 機織為織布之意，御前為高貴人士或女性的稱謂。機織御前即為織布的女神。

譯註2 日本古代的行政區，位於今新潟縣。

譯註3 神職人員。

譯註4 橫跨新潟縣及群馬縣的高山。

譯註5 守護當地的神明。

譯註6 權現為神明的稱謂。

譯註7 相傳金太郎是赤龍與山姥姥生下的孩子，後來成為源賴光的家臣坂田公時。

譯註8 指日本古時候的地方行政區。

譯註9 日本古代的行政區，位於今廣島縣東半部。

譯註10 一丈約三公尺。

譯註11 日本古代的行政區，位於今鳥取縣東部。

譯註12 一里約為三．九公里。

譯註13 日本古代的行政區，位於今靜岡縣西部。

譯註14 原本是住在秋葉山的僧人，後來獲得神力，化為天狗，可以飛到離地三尺（約九〇公分）的高度。

譯註15 日本古代的行政區，位於今神奈川縣。

譯註16 日本古代的行政區，位於今長野縣。

譯註17 神道祭祀的工具，將兩塊白紙或布垂掛在木棒的兩側。

譯註18 織具的一種，用來調整布紋密度。

譯註19 日本古代的行政區，位於今秋田縣一帶。

譯註20 浦島太郎中的公主。

譯註21 馬具的一種，從馬鞍後方繞過馬尾下方的皮帶。

譯註22 日本神話中，素盞嗚尊在高天原闖了不少禍，於是其姊天照大神躲入該處，自此世界失去光明。眾神討論之後，請天鈿女命跳舞，天照大神開了一道縫隙窺視，這時天手力雄神再把天照大神拉出來，於是世界又恢復光明。

譯註23 日本古代的行政區，位於今廣島縣西部。

譯註24 日本古代的行政區，位於今福井縣南部。

譯註25 日本古代的行政區，位於今滋賀縣。

譯註26 日本古代的行政區，位於今千葉縣中部。

譯註27 日本古代的行政區，位於今高知縣。

譯註28 日本古代的行政區，位於今石川縣北部的能登半島。

譯註29 日本古代的行政區，位於今栃木縣。

譯註30 日本古代的行政區，位於今栃木縣。

譯註31 傳說中，晴明的父親保名為救一隻白狐而受傷，白狐化身為女子葛葉，與保名生下一子。不久，葛葉留下一首歌「恋しくば尋ね来て見よ 和泉なる信太の森のうらみ葛の葉」。保名來到信太森林，獲得寶物。後來，晴明便憑藉母親寶物之力，醫治天皇的疾病，成為陰陽師。

御箸成長

1

男子的雙腳疼痛，他非常擔心，怕自己無法平安地完成接下來的漫長旅程，於是把他拿來當筷子的柳樹小樹枝插在地上，向觀音祈求旅途平安。後來，在他的旅程中，腳痛逐漸好轉，平安完成他的朝聖之旅。

　　將筷子插在地面，它會愈長愈大，長成一棵大樹，在各地都能找到這樣的故事。在東京，向島吾妻神社旁的相生[2]樟樹，就是其中之一，從根部往上約四尺[3]處，分成兩股，乍看之下，還以為是兩棵不同的樹。根據神社的傳說，從前，日本武尊[4]在這裡祭拜弟橘媛[5]之時，拿起供品旁的樟木筷子，插在土裡，表示若未來天下太平，這兩根筷子也會茁壯成長。後來，筷子果真生了根，並且長成這麼高大的樹木。據說直到今日，即將生產的人也會去求取以樟樹枝削成的方形木塊。許多信徒認為把它製成筷子，拿來用餐，一定能順產，或是煎熬此樹之葉服用，即可避免傳染病。（《江戶志》、《土俗談語》等）

　　此外，淺草觀音堂後方的大公孫樹[6]，相傳也是由源賴朝[7]插下的筷子，後來發芽長成的。（《大日本老樹名木誌》。東京市淺草公園）

　　除此之外，在關東的各個地方，到處都有賴朝的筷子樹。

　　武藏土呂神明社旁的大柳杉，據說是源義經[8]的筷子。相傳義經前往蝦夷[9]之前，曾行經這個村子，在這裡休息，他欣賞著寧靜的見沼[10]風景，一邊享用午

餐。當他離開時，把筷子插在地面，後來發芽，成長為今日的大柳杉。（《大日本老樹名木誌》。埼玉縣北足立郡大砂土村）

武藏的入間郡，有兩個叫做椿峰[11]的地方。其中一個是該地的椿峰，在高約四、五尺的土堆上，長著兩棵老山茶樹。據說這是從前新田義貞[12]在這裡紮營，進餐後將以山茶樹枝製成的筷子插在地上，後來成長為現在的模樣。（《入間郡誌》。埼玉縣入間郡山口村）

另一座則位於山口村北方，北野村的椿峰，這裡的傳說則是新田義興[13]以山茶的樹枝為筷，在這裡吃了一頓飯，正好位於村子邊境的山裡，兩個椿峰的距離非常近，也許原本源於同一個故事，後來發展成兩種不同的說法。（《入間郡誌》。埼玉縣入間郡小手指村北野）

接著看另一個傳說，外秩父的吾野村，子之權現山的登山口，有兩棵名為飯森杉的老樹。相傳有名的子之聖上人初登此山時，在此處休息，將午餐時使用的杉樹筷子插在地上。即使故事的主角經常改變，地點卻永遠是享用午餐的地方，

一定有什麼特別的原因吧！（《老樹名木誌》。埼玉縣秩父郡吾野村大字南）

甲州[14]東山梨的小屋鋪村，也有一棵日本武尊的御箸杉。位於松尾神社境內，熊野權現[15]祠堂後方的大樹。在山梨縣還有許多日本武尊的遺址，卻沒有詳細的記載。（《甲斐國誌》。山梨縣東山梨郡松里村）

在相距不遠的等等力村萬福寺，則有兩棵據傳為親鸞上人[16]的御箸杉，因此，又稱為杉樹和尚，不過其中一棵樹已經在兩百多年前的火災中燒毀，剩下那棵後來也枯死了。從前，親鸞曾經來到這座寺院，停留一段時間，他要離開的那一天，拿起臨行那餐飯附的筷子，插在佛堂的院子裡。他說：「阿彌陀佛的大慈大悲，能讓枯萎的樹木開花。我們凡夫俗子也能獲救，無一疏漏，這就是最好的證明。」一插完就離開了，後來怎麼了呢？不出幾日，那雙筷子已經扎根、發芽，曾幾何時，長成枝葉茂密的大樹了。（《和漢三才圖會》等。山梨縣東等等力村）

關東地方，東上總布施村的路旁，有兩棵數人環抱的老柳杉樹，當地人稱為

「兩本杉」。這也是從前源賴朝行經此地，前往安房[17]之時，村民出面邀請他共進午餐。賴朝折下柳杉的小樹枝，當成筷子，並插在原地，以茲紀念，後來筷子長大了，成了這兩棵大樹，據說那裡跟新田義貞的椿峰一樣，都成了一個小土塚。（《房總志料》。千葉縣夷隅郡布施村）

此外，距離此處西方四里處的市原郡平藏村，也有兩本杉，傳說中，它們一樣是賴朝插下的筷子。每個故事都是賴朝，又有筷子，看來的確是相當特別的故事。（《房總志料續編》。千葉縣市原郡平三村）

上總還有另一種賴朝的筷子，這裡用的是芒草的莖，賴朝吃完飯後，把它插在地上才離開，直到今日，仍然有一些村落會在六月二十七日的新筷節當天，折下芒草當筷子。（《南總之俚俗》。千葉縣長生郡高根本鄉村宮成）

越後等地以七月二十七日為青筷日，據說許多村子會在那一天，剪下青茅的前端當筷子，享用當天的早餐。據說這是從前川中島合戰[18]時，上杉謙信向諏訪明神祈禱，隨後贏得勝利，後來每逢七月二十七日，諏訪大祭當天早上，人們都

會取神明喜歡的白茅草前端來當筷子。（《溫故之栞》。第二十卷）

有的傳說是賴朝攀折蘆葦，當成筷子使用。上總疊池附近，距離約八段步[19]的地方，有一個大池塘，不過那裡完全沒有蘆葦。這是因為從前賴朝在池畔吃中午的便當，摘下蘆葦當筷子，不小心割傷了嘴唇。於是他氣得把蘆葦筷子扔進池子裡，如今，這座湖裡依然長不出蘆葦。（《上總國誌稿》。千葉縣君津郡清川村）

下總[20]印旛郡的新橋，有個叫做葦作的地方，賴朝的侍從——千葉介常胤[21]的筷子，在此地成長，化為蘆葦原。這個故事同樣發生在他行經此池，吃午飯的時候，摘了蘆葦當筷子，後來把它插在地上，於是筷子生了根，愈來愈茂盛，由於它本來是筷子，據說現在也一定是成雙成對。（《印旛郡誌》。千葉縣印旛郡富里村新橋）

安房洲崎的養老寺，庭園的清泉畔有一株芒草，這也是賴朝吃午飯時使用的筷子，不過它和前面的故事正好相反，每年只會冒出一根莖，所以稱為獨株芒。花穗倒是很普通，每次都長一大串，人們普遍認為其中一定有什麼特殊的奧妙。

（《安房志》。千葉縣安房郡西岬村）

除此之外，我們已經打聽不到其他關於蘆葦及芒草筷子的故事。在東北地方，陸中橫川目有棵笠松。位於黑澤尻到橫手的鐵軌附近，在火車上可以清楚看見這棵松樹。這個傳說與甲州的萬福寺相同，相傳親鸞上人的弟子信秋為了向當地民眾宣揚佛法，將他吃飯時使用的筷子──兩棵松樹的小樹枝，插在地上，後來長成這棵大樹。（《老樹名木誌》。岩手縣和賀郡橫川目村）

接著來到越後，北蒲原郡分田村的都婆松，也是親鸞上人吃午飯時使用的筷子。據說這棵松樹曾化身為女子，前往京都，自稱松女，在本願寺裡幫忙，是一棵名氣響亮的松樹。（《鄉土研究》第一篇。新潟縣北蒲原郡分田村）

在能登上戶的高照寺前方，自古就有一棵高大的柳杉，名為能登的一本木。據說這棵樹原本是壽命高達八百歲的若狹白比丘尼[22]，在午餐時使用過的筷子。有一次，白比丘尼罹患眼疾，她在百日之間，持續向這座寺院的藥師如來祈願。為展現自己的虔誠，把柳杉的筷子插在地上。除了筷子之外，這位尼姑也曾遊歷

各地，插下拐杖或山茶的小樹枝，如今它們都長成大樹了。（《能登國名跡志》等。石川縣珠洲郡上戶村寺社）

加賀[23]方面，白山山腳下，大道谷的山頂上，也有一棵名為兩本杉的大樹，相傳這是名聞遐邇的泰澄大師[24]將午飯時使用的筷子插在地上，後來長成的樹木。此地恰巧是越前[25]與加賀的邊界，山的另一頭即為越前的北谷，這一帶也有許多泰澄大師的遺跡。（《能美郡誌》。石川縣能美郡白峰村）

越前丹生郡的越知山，也是由泰澄大師開闢的名山之一。泰澄住在這座山上，食物即將耗盡之時，他把筷子插在地上，成長為巨大的扁柏，如今我們仍然能看見兩棵大樹。雖然我們無法得知詳細的情節，應該也是憑藉著虔誠的信念，終於得到食物吧！（《鄉土研究》第一篇）

聖德太子[26]在近江國興建百濟寺[27]時，曾許下祝願，若此寺能夠永世昌隆，這雙筷子將會成長茁壯，在春秋的彼岸之日[28]綻放花朵，並將用餐時使用的筷子插在地面，後來成了兩棵大樹，直到今日。當地地名為南花澤、北花澤，兩棵樹則稱為花之樹。是一種楓樹，花朵十分美麗，也是一種不常見的樹木，因此這陣子引起眾人的關注。然而，在美濃三河的山中，偶爾也能見到這種大樹，通常都附帶著某位高貴的旅人將筷子插在地上成長的傳說。（《近江國輿地誌略》等。滋賀縣愛知郡東押立村）

當地還有另一棵更驚人的御箸杉，位於犬上郡的杉阪。遠古之時，天照大神[29]降臨多賀神社之時，以柳杉製成的筷子享用午餐，隨手棄置後，筷子成長茁壯，在境內的山中化為大樹，如今依然存在。（《老樹名木誌》。滋賀縣犬上郡脇畑村杉）

大阪還有另一棵聖德太子的御箸之樹。玉造的稻荷神社之所以稱為栗岡山或栗山，也是由於這個傳說。在這個傳說中，筷子是以栗子樹削製而成。相傳太子與物部守屋[30]戰爭時許下心願，若能得勝，這栗樹枝今夜就會長出枝葉，說完便將吃飯時使用的筷子插在地上，第二天早上，果然成了茂密的大樹。在正常的情況下，這當然是天方夜譚，因此，從前的人認為太子的勝利，應該不是憑藉人類

的力量。（《蘆分船》、《明治神社誌料》）

直到最近，人們仍然相信美作大井莊的兩棵柳樹傳說。有一次，有人從出雲國[31]來到此地朝聖，參拜這裡的觀音堂，然後在路邊吃飯。男子的雙腳疼痛，他非常擔心，怕自己無法平安地完成接下來的漫長旅程，於是把他拿來當筷子的柳樹小樹枝插在地上，向觀音祈求旅途平安。後來，在他的旅程中，腳痛逐漸好轉，平安完成他的朝聖之旅。幾年後的春天，某天傍晚，他再次行經這條河的河畔，仔細一瞧，他以前插在地上的筷子樹枝，已經長得青蔥茂密。於是才有了二柳的地名。二百年前的一場大水，把柳樹沖走了，後來又種了其他樹代替，據說那些樹同樣也長得十分壯碩。（《作陽誌》。岡山縣久米郡大倭村南方中）

四國有兩個御箸杉的傳說，如今已經看不到關於享用午餐的情節。其一是阿波芝村的不動神杉，兩棵大樹位於離地兩丈高的地方，撐著約三間[32]大小的正方形大岩石。相傳從前弘法大師[33]行經此地，眼看著大石頭即將崩落，說：「這樣子太危險了。」插下兩根杉木筷才離開。筷子發芽、成長與茁壯，成了一棵大樹。

（《德島縣老樹名木誌》。德島縣海部郡川西村芝）

至於伊予[34]飯岡村的王至森寺，這裡的樹也不知是誰的筷子，目前已經不可考，不過柳杉的名字是真名橋杉（まなばし，Manabashi），まなばし就是筷子的意思。八十多年前，這棵樹遭到砍伐，後來村子裡災厄不斷。人們認為也許是砍伐真名橋杉，才引來這些災禍，如今又種了新的樹木，繼承古老的名字，敬畏它，尊為樹木之神。（《老樹名木誌》。愛媛縣新居郡飯岡村）

如今九州還流傳著以下這些類似民間故事的傳說。從前，肥前[35]的松浦領與伊萬里領在制定邊界時，松浦的波多三河守與伊萬里的兵部大夫議定，雙方聽見黎明的雞鳴聲後騎馬出發，把兩人會面的地方劃為領土的邊界。然而，當天夜裡，岸獄[36]的雞卻在深夜啼叫，於是松浦的使者提早出發，一直走到隔壁領的白野鉈落，這才碰上伊萬里的使者。由於領土範圍實在差太多了，在伊萬里方面的請求之下，請他退回十三塚這個地方，雙方在原野下馬，一起飲酒吃飯，當時使用栗子樹製成的筷子。為了紀念這次的活動，他們再次回到當地，沒想到後來筷子發

了芽，在那裡長成一棵壯碩的栗子樹。不可思議的是那棵樹每年都會開花，卻不曾結過果實。（《松浦昔鑑》）

仔細尋找類似的故事，還能再找出許多大家耳熟能詳的人物。從前，有許多人認為傳說確有其事，因此大家一直在傳頌它。不管在鄉里、在深山中，還是村子的邊境，在祭祀神明的重要地點，一定會有某些比較特殊的樹木，一直保留著，沒有被砍掉。有些樹木像是近江的花之樹，屬於罕見的品種，有些則像向島的相生樟樹，枝葉或樹幹呈現特殊的外形，最普遍的就是只留下兩棵同樹齡、同樹種又並排的樹木。只要把這些樹留下來，後人馬上就明白此樹絕非偶然。

另一方面，有些習俗僅限於祭典之時，人們會把木籤或樹枝插在土裡。同時，也會削製新的筷子，與神明共同享用祭典的餐點。筷子絕對不可能成長為大樹，不過，很久很久以前的人們認為，若能借助神明的力量，倒也不是什麼不可思議的事。如果是泛泛之輩，怎麼也不可能顯現這種神蹟，於是，許多人想像著，曾經有最優秀的人來訪，同時發生了非比尋常的大事，才會造就這樣的結果。然而，我想早在他們的想像之前，也就是遠古的時候，人們早已開始傳頌這樣的故事了。

譯註1 箸即為筷子，御箸成長意為會長大的筷子。
譯註2 指同一個樹根長出的兩棵樹。
譯註3 一尺約三十公分。
譯註4 日本古代史中的英雄。又名倭建命或景行天皇的皇太子。武功高強，曾奉命出征。
譯註5 日本武尊的妃子，相傳弟橘媛自願投海，拯救受海難所苦的人們，於是成為海上的守護神。
譯註6 即銀杏。
譯註7 一一四七—一一九九。平安初期到鎌倉初期的武將。討征平氏並平定天下，獲命為鎌倉時代的第一任征夷大將軍，開啟了未來的武家政治。
譯註8 一一五九—一一八九，平安時代末期的武將，源賴朝之弟。
譯註9 古時日本對北海道的稱呼。
譯註10 今埼玉縣。
譯註11 椿即為山茶。
譯註12 一三〇一—一三三八。鎌倉後期至南北朝的武將。正式的名字為源義貞。消滅鎌倉幕府，與足立尊氏對抗，戰敗而亡。
譯註13 一三三一—一三五八。新田義貞之子。
譯註14 日本古代的行政區，位於今山梨縣。
譯註15 熊野三山的主神，分別指本宮的家都御子大神、新宮的速玉大神、那智的熊野夫須美大神。
譯註16 一一七三—一二六三。鎌倉時代的佛教大師。
譯註17 日本古代的行政區，位於今千葉縣南部。
譯註18 戰國時代，武田信玄與上杉謙信於川中島進行的多次戰爭。
譯註19 同段或反，表示距離的單位，約十一公尺。

譯註20 日本古代的行政區，位於今千葉縣北部、茨城縣西南部、埼玉縣東部、東京東部。

譯註21 千葉常胤，一一一八—一二〇一，平安末期——鎌倉初期的武將。

譯註22 相傳白比丘尼食用人魚肉，因此活到八百歲。

譯註23 日本古代的行政區，位於今石川縣南部。

譯註24 六八二—七六七。奈良時代的修行者。

譯註25 日本古代的行政區，位於今福井縣嶺北及敦賀市。

譯註26 五七四—六二二。飛鳥時代的皇族。於推古天皇在位期間，推動各項改革。

譯註27 六〇六年，聖德太子遵照敕命興建的佛寺。

譯註28 春分、秋分以及前後三日，共七天的期間，稱為彼岸之日，日本人通常在這段期間掃墓。

譯註29 日本神話中的主神，具備太陽神、農耕神、紡織神等多種神格。

譯註30 生卒年不詳，古墳時代的軍事望族。

譯註31 日本古代的行政區，位於今島根縣東部。

譯註32 一間約一．八公尺。

譯註33 空海，七七四—八三五。平安初期的僧侶，曾為遣唐使，赴中國學習佛法。

譯註34 日本古代的行政區，位於今愛媛縣。

譯註35 日本古代的行政區，位於今佐賀縣、長崎縣。

譯註36 佐賀的地名。

行逢阪

1

春日大神與熊野的神明約定，還是和肥前的松浦人一樣，以碰面的地方為邊境，劃定領土的邊界。因為熊野會搭乘烏鴉快速飛來，要是太晚出發可就輸了，於是春日大神又趁著天還沒亮的時候，騎著鹿急忙出發，熊野的神明失算了，還在家裡休息。

許多人認為，邊境原本是由神明決定的。雖然人們總是為了邊境不斷爭執，不過神明早就已經談好了，邊境通常都有充當記號的樹木或大岩石。據說大和[2]與伊勢[3]的邊境高見山一帶，是由奈良的春日大神與伊勢的大神宮大人[4]討論後決定的國境。春日大神認為大和的領地太小了，希望能再稍微擴大一點點，卻不能如願。不如雙方親自見面決定邊界，重新劃定邊境。決定邊界日文為裁面（さいめ，Sa i me），也就是邊界的意思，雙方各自出發，將會面的地方做為邊境。於是春日大神騎著鹿出發。祂想，伊勢大人一定會騎乘神馬，疾奔而來，若是自己不早一點出發，一定會輸，天色還沒亮，祂就出發了。因此，春日大神反而提早進入伊勢的領地，在宮前村的神奇山口，這才碰上伊勢的神明。「欸，春日大人，這可真神奇。」因為這句話的緣故，才有神奇山口的由來。要是把這裡訂為國境，伊勢的領土就太小了，於是輪到大神宮大人主動相求，取竹葉編一艘小船，放在水面，把小船漂到的地方訂為邊境。

當時，這一帶全都淹沒在水裡，水勢平靜，竹葉小船紋風不動。於是伊勢的神明拿了一顆小石子，幫它起了個名字叫男石，把它扔進水裡。小船漂啊漂，停在現在的舟戶村，水流經高見嶺，稍微流入大和的方向。伊勢大神看了之後，便說船叫做舟戶，水流過頭了（すぎたに，Sugitani），於是伊勢方面有舟戶村，大和方面則有杉谷（すぎたに）村。兩個村子都是神明命名的古老村名。那顆男石仍然在神奇山口的山裡，即使開闢新路，還是能從大老遠看見它。如今，村子裡要是有人即將生產，仍然會朝著這顆石頭扔小石子，占卜孩子的性別。若是即將產下男嬰，小石子一定能打中男石。直到三十幾年前，男石附近有一棵巨大的紅淡比（さかき，Sakaki）老樹，是人們心目中的神木。伊勢的神明騎乘神馬，以紅淡比的樹枝為鞭，正好把它放在地上，於是它成長為大樹。因為這個緣故，它的樹枝全部往下方伸展。當地人認為這棵樹叫做さかき，也有顛倒樹的意思，表示一切都從這裡開始。（《鄉土研究》第二篇。三重縣飯南郡宮前村）

大和與熊野的邊境，也流傳著類似的故事。春日大神與熊野的神明約定，還是和肥前的松浦人一樣，以碰面的地方為邊境，劃定領土的邊界。因為熊野會搭乘烏鴉快速飛來，要是太晚出發可就輸了，於是春日大神又趁著天還沒亮的時候，騎著鹿急忙出發，熊野的神明失算了，還在家裡休息。若是遵守約定，就連軒下都變成大和的領土，這下可就麻煩了，於是祂勉強請求春日大神，請祂歸還熊野烏鴉展翅往前一飛的距離。因此，直到今日，奈良縣仍然往南方延伸，熊野幾乎緊鄰著邊境。宛如龜兔賽跑的故事。

信州也有十分相似的傳說。信州的諏訪大明神為了劃定國界，行經安曇郡，來到越後的強清水，越後的彌彥權現這時才出發。如果全都劃入信濃，越後就太小了，所以雙方討論，把邊境移到更上方，於是回到白池這個地方，劃定邊境。諏訪大明神又往西與越中[5]的立山權現、加賀的白山權現碰面，正好決定三方的邊境，後來，每隔七年，諏訪都會派內鎌到邊境標示記號。（《信府統記》）

同一個傳說，也有另一種不同的說法。從前，制定國境的時候，諏訪大人騎牛出發，越後大人則騎馬出發，雙方約好以碰面的地方為邊境。由於越後大人騎的馬腳程比較快，越後大人覺得走過頭可就不好意思了，於是天亮之後才從容出門。諏訪大人則因為牛的腳程慢，半夜就急忙出門前來，提前來到越後境內的塞神這個地方，這時才碰上越後大人的馬。這下超出太多了，於是稍微回頭，據說雙方於諏訪之平再次碰面。（《小谷口碑集》。新潟縣西頸城郡根知村）

從前的人們，似乎習慣選定兩個地方當國境，一個比較遠，一個比較近。這麼做似乎比較不會引起糾紛。豐後[6]與日向[7]邊境的山路，從山裡稍微往平地走，有兩棵巨大的柳杉樹，是雙方的標記。靠近豐後領的那棵是日向之樹，相反地，在日向那邊的柳杉則稱為豐後之樹。豐後之樹大約在一百年前枯萎了，砍伐之後，發現粗壯的樹幹之中，有許多已經生鏽的箭頭。這棵樹又名矢立杉，從前，經過樹下的人們會朝這棵樹射箭，做為祭拜邊境之神的儀式。不管是箱根的關山，還是甲州的笹子峠，原本都有一棵巨大的矢立杉。信州諏訪的內鎌則用鐵製的鎌刀代替箭頭，砍進神木的樹幹裡。直到最近，我們經常都會在靠近邊境的大樹幹中，找到形狀特殊的古代鎌刀。如今，諏訪仍然在祭祀時使用同樣的鎌刀，這種鎌刀稱為薙鎌。有了這棵嵌著鎌刀的神木，表示諏訪明神制定邊界的傳說一定是後人編造的故事，不過，傳說的情節仍然不斷改變。舉例來說，越後的神明是諏訪大神的母親，為了打聽兒子的近況，特地從越後遠道而來，正好在國界碰上諏訪大神，聽說諏訪大神成為鹿島、香取的神明，感到十分失望，就此與諏訪大神道別，回到越後去了，這應該是後來人們翻閱歷史書籍時的想像，就像人們也會想像源賴朝旅行時，曾經前往安房及上總吧！

飛驒深山中的黍生谷村，與下游阿多野鄉的邊境曖昧不明，於是起了爭執，雙方正在煩惱的時候，村人擬定契約，黍生谷找來黍生殿下，阿多野找來大西殿下，雙方騎著牛各自往對方的方向前進，把兩人相遇的地方當成領土的邊境。兩條牛在尾瀨洞的橋場碰頭，從此以後，那裡就成了村子的邊界。據說黍生殿下與大西殿下都是來自木曾的退隱武士，故事的內容卻與春日及熊野，或是諏訪及彌彥雙方碰面決定邊界的傳說一模一樣。（《飛驒國中案內》。岐阜縣益

田郡朝日村）

美濃武儀郡的柿野村，與山縣郡北山村的邊界，有一個地方叫谷鹽（たにのしお），相傳柿野的氏神大人[8]與北山的鎮守大人[9]曾在這裡開了一場道別酒會。祂們將黃金酒杯與黃金雞埋進地底，如今，那隻黃金雞仍然會在正月初一的早上啼叫。（《稿本美濃志》。岐阜縣武儀郡乾村）

兩個地方的神明，在同一天、同一個地點舉行祭典，我們在各地都能找到相同的例子。這樣一來，相鄰地方的人們，感情肯定比較好，也不會為了邊境問題爭執。在沒有地圖，也沒有紀錄的過去，人們藉由這樣的方式，不做蠻橫之事，與鄰人順利地交流。因此，每個村子都很重視傳說，這是因為如果傳說消失了、改變了，人們再也不會明白祭典原本的意義。

舉辦行逢祭的神社，不限於特定的神明。信州雨宮的山王大人，與屋代的山王大人，雙方的神轎會在三月申日申時，於村子邊境的橋上會合，共同舉辦祭典。那座橋稱為濱名橋。在東京附近，南、北品川的天王大人神轎，曾在兩個宿場邊境的橋上碰頭，在橋兩邊的空地與御旅所舉行祭典。我們稱這種橋為行逢橋。東京灣內的各個海岸，也有幾個相同的祭典，這場祭典原本的目的是為了制定邊界，應該有許多人遺忘了吧！若是其中一方為女神，則會有許多人認為這是神明的婚禮。

譯註1 行逢指相逢、碰頭之意。

譯註2 日本古代的行政區，位於今奈良縣一帶。

譯註3 日本古代的行政區，位於今三重縣一帶。

譯註4 指伊勢神宮的天照大神。

譯註5 日本古代的行政區，位於今富山縣。

譯註6 日本古代的行政區，位於今大分縣。

譯註7 日本古代的行政區，位於今宮崎縣。

譯註8 居住於相同地居的人們共同祭祀的神道神明，信奉該神明的人則為氏子。

譯註9 守護當地的神明。

袖口石

阿波伊島的人撒網捕魚時，撈到一顆皮球形狀的小石頭。把它丟掉之後，第二天又在魚網裡看見它。連續撈到三天，結果第三天大豐收，於是他認為那顆石頭是蛭子大明神，供奉著石頭。

從前，備後的下山守村，有個虔誠的百姓，叫做犬郎左衛門，他每年都會到安藝的宮島[1]參拜。有一年，他在神明的面前膜拜，說：「我的年紀也大了。請容我結束今後參拜的旅程吧！」說完便回家了，搭船的時候，他才發現袖口裡有一顆小石頭。本以為是某個乘客的惡作劇，便把那顆石頭扔進海裡，睡覺去了。第二天早上醒來，又在袖口發現同一顆小石頭。這實在是太神奇了，於是他小心翼翼地帶回村裡，向鄰居提起這件事，人們說：「那一定是神明賜給你的石頭。一定要把它供起來。」於是建了一間小小的祠堂，把石頭供在裡面，並尊稱它為嚴島大明神。後來，那顆石頭愈變愈大，流傳這個故事的人看到的時候，高度莫約是一尺八寸[2]，周長約一尺二、三寸了。雖然不知道後來怎麼了，如果石頭現在還存在的話，應該又變得更大了吧！（《藝藩志料》。廣島縣蘆品郡宜山村）

信州的小野川，有一顆叫做富士石的大岩石。據說這是從前村裡的農民去爬富士山，從山上撿回來的小石頭。他回到家附近時，輕輕拂去袖口的灰塵，不

小心把石頭掉在這裡了，於是石頭在不知不覺間，長成這麼大。（《傳說的下伊那》。長野縣下伊那郡智里村）

當地今田村附近的水神神社，有一顆叫做生石的大岩石。傳說中，從前有一名女子在天龍川的河岸，找到一顆美麗的小石頭，於是把它撿起來，放進衣袖裡，後來，袖口愈來愈重，這才發現那顆小石頭已經長大了。於是她用自己的指甲在石頭上劃了一道小傷口，傷口也跟著石頭變大了，她嚇了一跳，把它扔到水神大人之前。後來，石頭愈長愈大，最後長成這樣的大岩石。（《傳說的下伊那》。長野縣下伊那郡龍江村）

在熊野的大井谷村，山林小溪的中游也有一顆巨大的圓形岩石，高度約兩間半，周長約七間，岩石上叢生著各式草木，人們稱它為大井的袖口石，建了祠堂祭拜它。也有人稱它為福島石，不過來歷已經不可考了。（《紀伊國繪風土記》。三重縣南牟婁郡五鄉村）

伊勢山田的船江町，也有一顆大石頭，名為白太夫的袖口石。高度莫約五尺，人們在四周建了一道籬笆，妥善維護，據說這是從前菅公[3]被流放到筑紫[4]之時，度會春彥[5]一路護送，回程在播州[6]的袖浦撿回來的小石頭。後來，石頭每年都會長大，最後長成這麼大的石頭，所以人們在一旁供奉菅公之靈，如今，這裡仍然有一座菅原神社。（《神都名勝誌》。三重縣宇治山田市船江町）

土佐津大村及伊予目黑村交界的山裡，有一顆高約兩間半，周長約五間的大石頭，人們稱它為阿志（おんじ）的袖口石。相傳這是過去曾我十郎、五郎兄弟[7]的母親，從關東逃亡到此地時，放在袖口裡帶來的石頭。當地山裡的村子，都有不少供奉曾我五郎的神社，各地都有據傳為其家臣鬼王團三郎兄弟住過的遺址。曾我的母親逃亡到此地，也是這一帶耳熟能詳的故事。（《大海集》。高知縣幡多郡津大村）

肥後[8]滑石村有一顆叫做滑石的藍黑色石頭，原本是從海灣水底探出頭的岩石，自從填地造田之後，就不知它的去向了。據說這顆石頭是神功皇后[9]在三韓征伐[10]的歸途，放在袖口帶回來的小石子，後來變成大石頭。（《後國志》。熊

本縣玉名郡滑石村）

據說九州海岸也有神功皇后登陸的地點，其他地方也有類似的傳說。因此，各地應該都有紀念她的袖口石。歷史最悠久、最聞名的應該屬筑前深江的子負原，這裡有兩顆皇子產石。據說它們也是夾在袖口裡帶回來的小石子，當《萬葉集》[11]、《風土記》[12]問世之時，已經成了一尺以上的沉重石頭了。據說它們是鵝卵狀的美麗石頭。後來沒人知道它們搬到哪裡去了。有人認為它們成了當地八幡神社的神像，也有人說它們現在在海邊的山上，已經長成三尺高。（《太宰管內志》。福岡縣系島郡深江村）

一般來說，會長大的石頭都是人們從大老遠帶回來的小石頭，有別於其他原本就在當地的普通石頭。下總印旛沼附近的太田村，有一戶人家叫宮間，他們的宅邸建了一座石神大人的祠堂，供奉著一顆五尺高，形狀特殊的奇石。據說從前這戶人家的主人前往紀州[13]熊野參拜，路途中，草鞋裡夾了一顆小石子，拿出來一看，發現它的形狀十分奇特。實在是太罕見了，於是他把石子裝進菸

袋裡，帶回家，石子在半路上就慢慢地長大了。（《奇談雜史》。千葉縣印旛郡根鄉村）

此外，千葉郡上飯山滿有一戶林家，也供奉著成長的石頭，尊為他們的氏神。這是很久以前這戶人家的主人赴伊勢參拜[14]時，快要走到大和的時候，在半路得到的小石頭，他把石頭放在包袱裡帶回家，所以稱為包袱石。（《奇談雜史》。千葉縣千葉郡二宮村）

土佐黑岩村的石頭也非常有名。人們把它當成神明來祭拜，稱它為大石神或寶御伊勢神。據說也是很久很久以前，有人把它放在包袱裡帶到這裡，最後長成需要抬頭仰望的大岩石。（《南路志》及其他。高知縣高岡郡黑岩村）

筑後[15]大石村也有一座大石神社，村名也是源於這顆神石。從前，大石越前守把這顆石頭放在懷裡，從伊勢國帶來此地，把它放在伊勢大神宮裡膜拜。另一個說法是一名老尼姑把小石子放在袖口，帶到此處，後來石頭愈長愈大。距今三百年前，已經長成九尺大小的三角形石頭。除此之外，還有另一顆三尺大小的石頭，村人都稱它為伊勢御前，建了一座神社供奉它。據說石頭愈長愈大，放不下了，神社因而改建了好幾次。（《校訂筑後志》。福岡縣三潴郡鳥飼村）

據說許多人來到大石村的神社祈求順產。應該是因為父母希望孩子能像石頭一般，堅強、健壯，最好還能一眠大一寸。相傳來自熊野的石頭，不僅會長大，還會產下與母石相似的子石。舉例來說，九州南方種子島的熊野浦，熊野權現的神石就屬於此類。從前，這座島的島主，種子島左近將監信奉熊野[16]，從遙遠的異地，將一顆小石子盛在小箱子裡，恭迎至此地，於是石子逐年成長，後來高度超過四尺七寸，周長一丈三尺多，左右各生了兩顆子石，子石也慢慢成長，顏色及形狀皆與母石相同。（《三國名勝圖會》。鹿兒島縣熊毛郡中種子村油久）

日本北方的鄉下，羽前[17]中島村的熊野神社，也有類似的傳說。距今四百年前，這座村子曾有一名七度前往熊野參拜的村民，為了紀念熊野之行，他在那智的海邊撿了小石頭回家。後來，莫約八十年間，石頭愈來愈大，最後長成超過一個人環抱的大小。由於形狀類似一個女人，所以人們叫它姥姥石。後來，姥姥石每年都生下兩千多個子孫，大小與形狀都像雞蛋，人們叫它們太郎石、次郎石、孫子石，沒見識過的人，大概會懷疑這個傳說的真實性吧，不過，據說當地人稱它們為熊野，至今仍然供奉著這些石頭。（《鹽尻》。山形縣北村山郡宮澤村中島）

土佐有另一個故事。據說香美郡山北神社供奉的神石，是從前村民遠赴京都的吉田神社參拜，在那裡獲得的神樂岡石，帶回來之後，石頭逐漸長大。（《土佐海續篇》。高知縣香美郡山北村）

伊勢花岡村的善覺寺，用於正殿基礎的石子，也是會成長的石頭。那顆石頭是隔壁庄部落的人，從尾張[18]熱田神社帶來的，據說那個人本來是熱田的禰宜[19]，與這個部落的人結婚後，無法再待在熱田，只好住在這裡，如今，這裡還有姓越石[20]或熱田的人家。（《竹葉氏報告》。三重縣飯南郡射和村）

相傳肥後島崎石神社的石頭，原本也是由宇佐八幡的神官——到津氏，從該神社的神明面前帶到此地供奉，後來石頭愈來愈肥大。（《肥後國志》。熊本縣飽託郡島崎村）

諸如此類，與其說是人們看到石頭長大，感到驚奇，才膜拜石頭，倒不如說它們原本就是尊貴的石頭，受到人們虔誠的膜拜，才慢慢長大。因此，我們必須進一步探討，這些石頭原本來自何方。在安藝中野村的田中央，有顆高達二丈的大岩石，人們稱它為出雲石。據說人們將它從出雲國帶過來的時候，還是一顆小石子，放在這裡之後，才慢慢長大。（《藝藩通志》。廣島縣豐田郡高阪村）

在出雲國的飯石神社後方，也有顆大石頭，它也曾經是持續長大的石頭。有人說石頭長得像把飯盛得尖尖的模樣，也有人說它像是裝在飯盒裡，從天而降的石頭。（《出雲國式社考》及其他。島根縣飯石郡飯石村）

至於人們如何得知石頭會長大呢？據說是因為人們在石頭四周圍起柵欄，每回重新翻修的時候，都要把尺寸加大，不然就太小了。豐前[21]元松村的丹波大明神，神社也曾經四度翻修，據說必須把神殿愈建愈大才行。從前，有個來自丹波國[22]的尼姑，用包巾包裹，帶來一顆小石頭，來到這座村子之後，她就過世了。後來，小石頭長大了，於是人們將它供奉在這座祠堂裡，稱它為丹波大人。（《豐前志》）

石見吉賀的注連川村，稱村裡成長的大石頭為牛王石。據說它是從前到四國旅行的人，放在懷裡帶回來的石頭。（《吉賀記》。島根縣鹿足郡朝倉村）

遠江[23]石神村裡，也有另一顆富士石。在村子開闢的山路旁，富士石同樣會逐年長大，於是人們供奉它，稱它為石神大神。當地人可能認為這顆石頭應該是從富士山帶回來的小石頭吧！（《遠江國風土記傳》。靜岡縣磐田郡上阿多古村）

在關東地區，秩父小鹿野的飯店，也有一顆形狀特殊的石頭，叫做信濃石。約一丈大小的正方形，正中央有一個一尺大小的洞。據說把耳朵靠在洞口，就能聽到像是有人在說話的聲音。據說從前當地的馬伕去信州，回來的路上，馬背的行李有一邊比較輕，為了平衡重量，就從路邊撿來一顆小石頭，夾在行李之中，後來長成這麼大。（《新編武藏風土記稿》。埼玉縣秩父郡小鹿野町）

在信州方面，還有一顆鎌倉石。它在佐內安養寺的庭院裡，剛從鎌倉帶過來的時候，只是一顆掌心大小的小石子，後來它逐漸成長，已經莫約四尺大，於是把它當成庭院裡古井的蓋子。儘管如此，後來還是長成高達一丈以上的大岩石。現在透過縫隙往裡瞧，還能瞄見井的部分模樣。（《信濃奇勝錄》。長野縣北佐久郡三井村）

從前的人們似乎認為這類從大老遠的地方專程帶過來的小石頭，都有充分的理由或關聯，同時也具有神奇的力量，不過，有些故事卻用了更簡單的方法，便能得到會長大的石頭。九州阿蘇地方的人們相信，不管是多小的石頭，只要撿了帶回家，藏在簷廊下或是其他地方，石頭一定會長大。如今，各地的人們仍然不喜歡隨便從外面撿小石頭回家。像是從河邊撿紅色的石頭回家，就會遭遇火災。白色紋路的小石頭則稱為細親石，把它帶進家門，將會導致父母生病。也就是說，為了禁止孩童等不懂得愛惜石頭的人模仿祭祀、膜拜石頭的行為，才會有這種說法。

因此，人們不常把石頭帶回家，若是因為某些原因，不得已帶回家的石頭，在傳說之中，都會發生不可思議的現象。奥州[24]以南的松崎海岸，人們曾經在撈捕海參的魚網中，發現一顆小石頭，於是將它命名為石神，在村子附近供奉它，結果它愈長愈大，成長為必須抬頭仰望的高大石神岩。（《真澄遊覽記》。青森縣下北郡脇野村九艘泊）

隱岐島的東鄉村，從前人們在海邊釣魚，沒釣到魚，卻釣到一顆拳頭大小的石子。實在是太神奇了，於是人們建了一座小宮廟供奉它，後來，它愈長愈大，七、八年後，已經撐破左右兩邊的木板。於是人們建了更大的神社，沒多久，同樣被石頭撐破了，後來才蓋了一棟相當氣派的宮廟。（《隱州視聽合記》。島根縣周吉郡東鄉村）

阿波伊島的人撒網捕魚時，撈到一顆皮球形狀的小石頭。把它丟掉之後，第二天又在魚網裡看見它。連續撈到三天，結果第三天大豐收，於是他認為那顆石頭是蛭子大明神[25]，供奉著石頭。後來，當地的漁業愈來愈興旺，小石頭也在祠堂裡，愈長愈大，五、六年就把祠堂撐破了，第三次才重建了一間比較大的祠堂。（《燈下錄》。德島縣那賀郡伊島）

這樣的案例，在海邊似乎比較常見。鹿兒島灣南端的山川港附近，從前這一帶有農夫在祭祀的日子汲取海水，汲水容器撈到一顆美麗的小石頭。他重新汲了三次，三次都撈到同一顆石頭，他覺得不可思議，便將石頭帶回家，石頭卻慢慢地長大了。他嚇了一跳，建了宮廟供奉它，據說就是後來的若宮八幡神社。供奉的神像正是這顆小石頭。（《薩隅日地理纂考》。鹿兒島縣揖宿郡山川村成川）

直到今日，沖繩縣等地的各大村落，望族珍藏的多半是海裡撈來的石頭。乍看之下，這些石頭的形狀或色彩並沒有什麼獨特之處，也不知道是什麼緣故，撿起這些石頭時，都會發生神奇的事蹟。薩摩各地都有石神氏的士族之家，這些人家供奉的氏神，全都是山田村的石神神社。神社的神像，則是巨大的白色花崗岩。據說是從前他們的祖先——石神重助，初次來到此地時，在路邊撿到的石頭；也有人說是攻打朝鮮[26]時，偶然在路邊撿到的；也有一個版本類似下總宮間氏的石頭，夾在草鞋裡，不管丟了幾次，都會跑回來，最後才撿回家。然而，現在已經成了無法搬動的大石頭了，所以這顆石頭應該也在漫長的歲月中成長。（《三國名勝圖會》等。鹿兒島縣薩摩郡永利村山田）

從前的人們相信神明會藉由石頭顯現祂們的力量，雖然不是一開始就把石頭當成神明來供奉，在不知道神明之名的情況下，則會尊稱它為石神大人。因此，各地的石頭神社也會出現各種不同的稱呼。備後鹽原的石神神社，當地村民認為它是猿田彥大神[27]。據說這顆石頭也不斷成長，後來長寬都超過一丈。一般來說，石神多半位於路旁，再加上猿田彥也是守護道路的神明，於是人們自然深信不疑。（《藝藩通志》。廣島縣比婆郡小奴可村鹽原）

在常陸[28]的大和田村，人們供奉石頭，認為它是山神。據說這是一顆從地底挖出來的石頭。剛開始還是可以放進袖口的小石子，後來慢慢長大，於是人們把它放在潔淨的地方，石頭成長的速度就更快了。據說後來人們奉它為主石大明神。（《新編常陸國志》。茨城縣鹿島郡巴村大和田）

一般來說，這些石頭原本都沒有名字，由於這些事蹟，後來才慢慢有了名號。猶如伊勢神明、熊野權現神社的伊勢石與熊野石，出雲石、吉田石、富士石、宇佐石等等，都是原本信奉那些神明的人們愛護的石頭。人們應該也認為鎌倉石是借助鎌倉八幡大人的力量，才得以成長吧！另一方面，對於那些來歷不明的石頭，人們則姑且先取個簡單的名字，例如包袱石或袖口石。

羽後仙北旭之瀑布的不動堂，有一顆莫約五尺大小，每年都會長大的岩石，人們稱它為成長石（おがり石，Ogari Ishi）。おがる（Ogaru）是某個地方的方言，表示變大、成長的意思。（《月之出羽路》。秋田縣仙北郡大川西根村）

備後深山中的鄉下，還有一顆赤子石。從前，這顆石頭只有三尺左右，後來逐漸長大，長到一丈四尺了，儘管已經長得這麼大，人們還是稱它為赤子石，沒忘記它原本的模樣。（《藝藩通志》。廣島縣比婆郡比和村古頃）

飛驒的瀨戶村有一顆叫做貝岩（ばいいわ，Bai Iwa）的大岩石。因為它的形狀與海螺相仿，所以才叫這個名字，不過地圖則標示為倍岩（ばいいわ）。也許是因為它的大小已經成長為原來的一倍以上，人們才開始叫它倍岩的吧！（《斐太後風土記》。岐阜縣益田郡中原村瀨戶）

在播州各地，都能找到一種叫做寸倍石的石頭。例如加古郡野口的棄置石，當地人也稱它為寸倍石。它獨自躺在邊境的森林裡，長約四尺，寬約三尺，長得像一顆皮球，據說從前是一顆小石子，後來逐漸長大。各地也都有棄置石，每一顆都是相當大的岩石，完全不像人力能夠輕易棄置的石頭。（《播磨鑑》。兵庫縣加古郡野口村阪元）

通常人們開始注意袖口石的尺寸時，它們都已經很大了。等到它們在當地小有名氣，幾乎都不會再長大了。前面提到的下總熊野石也是如此，從熊野撿來的時候，已經在菸袋裡變大了，後來更是慢慢地成長，愈來愈明顯了。和二十年前相比，有些人認為差不多大了一寸，有些人則認為每年只會成長米粒般的大小，不過這些都是個人的感覺，事實上，從來沒有人曾經實際測量過那些石頭的尺寸。又或是出雲飯石神社的神石，原本供奉在神社裡，還有筑後的大石神社，在各地的故事中，從前神社的規模都比現在還小，不過，這都是十分久遠之前的事，從來沒有人能親眼見證石頭長大的模樣。即使是宛如春筍般迅速成長的石頭，仍然是在神不知鬼不覺中長大的。更何況國歌〈君之代〉（君が代）歌詞中的「直至細石成巨巖」，應該是年深歲久之事，需要一段漫長的歲月。也就是說，只不過是由於大部分同居一地的人們，自古以來都認為石頭會長大，才會有這麼多人相信這個故事吧！

譯註1　指嚴島神社。
譯註2　一尺約三十公分，一寸為二．五四公分。
譯註3　菅原道真，八四五—九〇三。曾為宇多天皇及醍醐天皇的重臣，因策劃謀反之故，被貶至太宰府，相傳死後化為怨靈，於是人們奉祂為天滿天神，目前是學問之神。
譯註4　今福岡縣。
譯註5　相傳度會春彥從小照顧菅原道真，年輕時便滿頭白髮，又名白太夫，目前各地的天滿宮裡，都有白太夫神社。
譯註6　日本古代的行政區，位於今兵庫縣西南部。
譯註7　曾我祐成（兄．十郎）、曾我時致（弟．五郎）。曾我兄弟為父尋仇，是相當知名的故事。
譯註8　日本古代的行政區，位於今熊本縣。
譯註9　日本第十四代天皇仲哀天皇的皇后，仲哀天皇逝世後取得政權，攝政期間長達七十年，《日本書紀》暗指其為《魏志倭人傳》的女王卑彌呼。
譯註10　神功皇后曾出兵攻打新羅，攻下朝鮮半島南方三個部落：馬韓、辰韓、弁韓，納為領地。
譯註11　現存最古老的日本和歌集，全書共二十卷，收錄了四千五百餘首和歌，編者不詳。
譯註12　七一三年，官方編輯的各國風土記錄。
譯註13　日本古代的行政區，位於今和歌山縣、三重縣南部。
譯註14　參拜伊勢神宮。
譯註15　日本古代的行政區，位於今福岡縣南部。
譯註16　指熊野權現。
譯註17　日本古代的行政區，位於今山形縣。
譯註18　日本古代的行政區，位於今愛知縣西部。
譯註19　神職人員。

譯註20 指搬家的石頭。

譯註21 日本古代的行政區，位於今福岡縣東部、大分縣北部。

譯註22 日本古代的行政區，位於今京都府中部、兵庫縣東北部、大阪府北部。

譯註23 日本古代的行政區，位於今靜岡縣西部。

譯註24 日本古代的行政區，位於今福島縣、宮城縣、岩手縣、青森縣及秋田縣東北部。

譯註25 蛭子神，日本神話中，伊邪那岐命與伊邪那美命生下的小孩，由於畸胎的緣故，便放入水中，任水流走。

譯註26 一五九二—一五九八年間，豐臣秀吉率兵攻打朝鮮半島的戰役。

譯註27 日本神話中，為天孫邇邇藝命帶路的神明。

譯註28 日本古代的行政區，位於今茨城縣。

比身高的山

即使是富士山這樣的大山，仍然不喜歡人們把山上的泥土帶到遠方，山腳下都會設置一個撣去泥砂的地方，從前，登山客必須在這裡把穿過的草鞋換掉。據說須走口那些被登山客踩下來的砂石，會在當天夜裡再度回到山上。

還有不少石頭突然長大，卻以失敗收場的故事。舉例來說，常陸石那阪山頂的石頭，每天都在長大，打算長得跟天一樣高，引來靜明神[1]的不悅，於是穿著鐵鞋將它一腳踢走。石頭因此碎裂成兩塊，一顆飛到現在的河原子村，一顆落到石神村，都供奉在當地的祠堂裡。另一個說法則是奉天神的命令，打雷將它劈開，石那阪是石頭殘留的根基，稱為雷神石。高度僅約五丈左右，周長卻占滿一座山，若是照這樣成長下去，應該會是一顆非比尋常的大岩石吧！（《古謠集》及其他。茨城縣久慈郡阪本村石名阪）

陸中[2]小山田村的幡谷神社附近，也躺著無數根宛如折斷的巨大石柱，相傳這也是遠古的神話時代，成長的石頭想在一夜之間突破天際，被神明踢斷，於是碎裂成這些小石塊。（《和賀稗貫二郡志》。岩手縣和賀郡小山田村）

南會津[3]的森戶村，有座名為森戶立岩的大岩山。從前，這座山正要長大的時候，一樣有神明來到這裡，把它的頭踹斷了。接著把它的碎片拿走，倒過來放在地上，就成了現在的模樣，據說如今隔壁的岩下部落，還有一個高約八丈，周

長約四十二丈的逆岩。（《南會津郡案內誌》。福島縣南會津群館岩村森戶）

也許從前的人們認為山像樹木一樣，都會慢慢長大吧！相傳富士山也是很久很久以前，從近江國飛過來的，原來的地方就成了琵琶湖。奧州津輕稱岩木山為津輕富士。從前，這座山想要在一夜之間長大，正好有一戶人家的老婆婆，半夜外出時，撞見它長大的情況，於是山再也不長了。如果沒被人撞見的話，應該還會長得更高才對。磐城[4]絹谷村的絹谷富士，雖然叫做富士，卻是僅兩百公尺高的小山，相傳它正好要從地底冒出來的時候，正好被一名婦人看見了，她大叫：「山在長高！」於是山就此停止生長。當地的人們認為，要是婦人沒大叫的話，說不定山會長得跟天一樣高。（《鄉土研究》第一篇。福島縣岩城郡草野村絹谷）

相傳遠古之前，駿河的足高山為了與富士山比身高，從諸越國[5]遠渡而來。搭火車行經東海道時，正好可以看見這座山位於富士山前方，延伸的範圍相當廣，也是一座十分巨大的山，卻不見山頭。據說足柄山的明神認為它是一座傲慢的山，抬起腳把它踢碎了，於是足高山才會變得這麼矮。它的碎山散落在海裡，慢慢聚在一起，在岸邊聚集成一道比較高聳的陸地，那就是浮島原。如今也有鐵軌行經此地，從前的馬路穿越十里木這個地方，經過富士山與這座足高山。據說從前的旅行者站在路上比較左右兩座高山，說了這樣的故事。（《日本鹿子》。靜岡縣駿東郡須山村）

伯耆[6]大山的後方，有一座孤峰韓山。傳說中，這座山也是為了跟大山比身高，特地從韓國前來的山，所以叫做韓山。由於它比大山還高了一點，大山生氣了，穿著木屐把韓山的頭踹飛了。於是直到今日，這座山的山頂還是缺了一塊，而且高度比大山矮了不少。（《鄉土研究》第二篇。鳥取縣西伯郡大山村）

在九州地區，阿蘇山東南方有一座貓岳，是一座外形奇特的山。這座山也老是想跟阿蘇山競爭，比看看誰比較高。阿蘇山一怒之下，便拿起婆娑羅竹的拐杖，朝貓岳的頭一陣猛打，於是貓岳的頭被打爛了，凹凸不平，也變得跟現在一樣，矮了一截。（《筑紫野民譚集》及其他。熊本縣阿蘇郡白水村）

山比身高的傳說，流傳的範圍非常廣。例如台灣高山的原住民，也有類似的故事，霧頭山與大武山兩兄弟競爭，弟弟大武山欺騙哥哥霧頭山，偷偷長大。因此大武山比哥哥還高。（《生蕃傳說集》。排灣族馬須利德社）

在遠古的時代，也有同樣的傳說。近江國的淺井岡與伊吹山比身高的時候，儘管淺井岡是伊吹山的姪女，卻在夜裡偷偷長大，想要勝過叔叔。於是伊吹山的多多美彥[7]勃然大怒，拔劍砍下淺井姬的頭，它的頭飛到湖裡，成了一座小島。現在的竹生島，就是當時冒出來的，這是一個流傳千年的故事。（《古風土記逸文考證》。滋賀縣東淺井郡竹生村）

早在奈良時代的詩歌中，就留下大和的天香久山與耳成山為了畝傍山吵架的故事。奧州北上川的上游，也有類似的故事，岩手山及早地峰山至今仍然感情不睦。搭火車經過的時候，可以發現兩座山之間，有一座美麗的孤山，名為姬神山。一說為兩山為爭奪姬神山而爭吵，還有另一個相反的說法，岩手山討厭姬神山，便吩咐遠送山將它送到遠方，遠送山沒能完成這個任務，於是岩手山一氣之下，

拔劍砍掉它的脖子。那就是現在岩手山右側的小山。（高木氏的《日本傳說集》。岩手縣岩手郡瀧澤村）

在漫長的歲月中，日本人從各個遙遠的國度，慢慢移居而來，形成這個民族。從前，曾經聽過這些故事的人，他們的子子孫孫，會在即將忘卻往昔的傳說時，不知不覺中，產生類似的想像，應該沒有刻意模仿其他地方的傳說，然而，山想要一爭高下，為了某些事情爭執的情況，應該也是他們移居之處的村里風景，一直眺望著這樣的景色，於是多次想起這樣的民間故事。

青森市東方的東嶽，從前曾經和八甲田山吵架，被砍又被撞飛，成了一座只剩軀幹的山。有人說它的脖子飛到遠方，落在岩木山上，岩木山的肩膀上有座像腫瘤般的小山，那就是東嶽的脖子。據說津輕平原的土壤之所以這麼肥沃，都是因為當時的血灑在這片土地上。因此，岩木山及八甲田山，至今感情還是不太好。（高木氏的《日本傳說集》。青森縣東津輕郡東嶽村）

有人認為出羽[8]的鳥海山曾經是日本最高的山峰。然而，有人來這裡說：

「富士山比它還高」，害它憤恨不平，寢食難安，於是山頭飛向遙遠海邊的另一頭。據說那就是現在的飛島。飛島是距離海岸二十英里[9]的海中小島，如今仍然供奉著與鳥海山同樣的神明。兩者之間一定有什麼深厚的淵源，不過，除了這個比較特殊的民間故事之外，我們已經找不到其他古代的傳說了。（《鄉土研究》第三篇。山形縣飽海郡飛島村）

不服輸的傢伙，絕對不只限於山峰。整體來說，日本人認為隨便說三道四並不是一件好事，不過，交通愈來愈發達之後，一定會聽到更多的比較與批評，不管是神明還是人類，仍然十分介意別人的評論，觀念相當傳統。阿波海部川的水源，有一座轟隆瀑布，又名王餘魚[10]瀑布的大瀑布，山裡有王餘魚明神的神社。來到這座瀑布的附近時，絕對不能提起紀州熊野的那智瀑布。要是兩相比較，討論它跟那智瀑布哪個比較大，或是想測量這座瀑布的高度，一定會遭到神明的懲罰，我想應該是因為這座瀑布比那智瀑布小吧！（《燈下錄》。德島縣海部郡川上村平井）

橋梁有許多遠道而來的人們通行，因此每次都能聽見外地其他橋梁的傳聞，據說它們非常討厭這些話題。人們認為橋梁之神是十分善妒的女神。

甲府附近的國玉大橋，橋梁長度原本為一百八十間，是甲斐國[11]規模最大，同時也最古老的橋梁，據說在行經這座橋的時候，絕對不能提起猿橋[12]，也不能吟唱〈野宮〉[13]，要是犯了這個禁忌，一定會遭遇可怕的報應。如今，當地人仍然嚴格遵守這項禁忌。雖然猿橋的規模很小，卻是日本罕見的絕美橋梁，因此這座大橋不喜歡與它相提並論。〈野宮〉則是同情善妒之女的歌曲。（《山梨縣町村誌》。山梨縣西山梨郡國里村國玉）

在九州南端，薩摩的開聞岳山腳下，有一座美麗的火山湖，它的名字叫池田湖。與大海之間，僅隔了一小塊陸地，只要站在稍高的地方，就能同時欣賞大海與湖泊的美景。不過，池田的神明很討厭與大海比較。如果有人在湖水附近聊到大海或船舶的話題，就會立刻颳起強風，捲起大浪，形成可怕的景象。（《三國名所圖會》。鹿兒島揖宿郡指宿村）

湖水與池沼之神，大多是女性，才能遠離塵囂，不知俗世的恩怨情仇，過著歲月靜好的日子。山峰則不同，處於眾人隨時都能從遠方眺望的位置，實在難以避免那些紛爭。

豐後的由布嶽是九州的第一高峰，山勢雄壯優美，因此當地人稱它為豐後富士。從前，西行法師[14]來到此處，在山腳下的天間村停留一段時間，當時，他眺望這座山，吟了一首詩：

豐國之由布，高嶺似富士，是雲還是霧，曖昧難辨也。

聽了這首歌，山峰立刻轟隆作響，不斷噴出火來，於是他覺這個說法不好，便重新吟詠一次：

駿河之富士，高嶺似由布，是雲還是霧，曖昧難辨也。

很快地，火山的噴發就慢慢沉寂了。我想這個故事的主角應該不是西行法師，總之，都是古代流傳下來的故事。（《鄉土研究》第一篇。大分縣速見郡南端村天間）

也許有人認為，這些都是真實發生過的故事。即使沒有這些故事，人們對於討論山的高度一事，似乎仍然抱著敬畏的心理。大部分的民間故事都是由此而生，有時，人們也會利用這些故事來卜卦。舉例來說，從前日向國[15]的人長癰瘡的時候，會朝著吐濃峰唱頌以下這段話，並膜拜山巒：「我認為祢很高，不過我身上這個瘡很快就會比祢還高了。祢要是不服氣，就叫這個瘡早點退下吧！」每天早上，把木杵貼在患部一到兩次，第三天一定會痊癒。應該是人們認為山神討厭有人比自己還高，於是急著用木杵把它打倒，才會吟唱這段奇妙的咒語吧！（《塵袋》第七集。宮崎縣兒湯郡都農村）

山峰比身高的古老傳說，後來成了孩童們笑著聆聽的民間故事。於是，故事發展得愈來愈有趣了。肥後飯田山（いいださん，Iidasan）位於熊本市以東，距離不到三、四里，據說它與熊本市西方的金峰山，互相比較誰比較高，因此起了爭執。不管吵了多久，都分不出高下，於是它們在雙方的山頂之間拉了集水槽，倒水之後看水流到哪個方向。後來，水流到飯田山的方向，證明這座山比較矮。當時的水積在山頂，如今山上還有一座池子。於是飯田山啞口無言，因此人們現在仍然說是它「絕口不提（いいださん）」，所以才叫這個名字。（高木氏的《日本傳說集》。熊本縣上益城郡飯野村）

尾張小富士位於尾張國北方的邊境，入鹿池附近的小山，由於山的外形神似富士山，受到當地人的敬仰。有一個傳說是它和隔壁的本宮山比身高，同樣拉了集水槽，倒水測試。結果是小富士輸了。在每年六月一日，祭典的日子，山腳下的村民都會拖著石頭去爬山，希望此舉能讓山長高一點，以討山神歡心。（《日本風俗志》。愛知縣丹羽郡池野村）

在加賀白山也有類似的傳說。白山與富士山比身高，為了一分高下，拉了集水槽倒水，由於白山比較低，水流向加賀的方向。見到水流過來，白山這邊的人急忙脫下自己的草鞋，墊在集水槽的邊緣，於是兩邊呈水平狀了。因此，直到今日，爬白山的人一定要把一隻腳的草鞋脫下來，放在山上才能回家。（《有趣的傳說》。石川縣能美郡白峰村）

雖然沒有拉集水槽的情節，不過越中的立山也有與白山比身高的故事。在這個故事中，卻是立山正好差了一隻草鞋的高度，對此感到遺憾不已。後來，據說前往立山參拜的人，只要帶草鞋上山，神明就會特別保佑，享盡榮華富貴。（《鄉土研究》第一篇。富山縣上新川郡）

還有越前的飯降山，它與東邊的荒島山比身高，據說只矮了半個馬沓[16]的高度。因此，帶石頭爬這座山的人，都能實現一個心願，每年五月五日登山日，一定要帶石頭上山。（《鄉土研究》第一篇。福井縣大野郡大野町）

三河[17]的本宮山與石卷山，隔著豐川各據東西兩方，從遠古至今，它們一直互比身高，這兩座山峰的高度幾乎分毫不差。據說若是捧著石頭去爬這兩座山，身體完全不會感到疲倦，相反地，哪怕只撿一顆小石子下山，不僅不會受到神明的庇佑，還會遭受懲罰。也就是說，兩座山很討厭變矮。（《有趣的傳說》。愛知縣八名郡石卷村）

許多有名的山，也許並不全是為了比身高的緣故，它們都很珍惜泥土與石頭，不喜歡被人帶走。如今，各地依然都能找到把草鞋留在山上的習俗。儘管白山或立山都已經是歷時久遠的民間故事了，世上還是有許多人非常認真地思考它的由來。例如奧州金華山[18]的權現，由於草鞋會踩到山上的泥土，所以捨不得帶它離開島嶼。來到此地參拜的人，一定會脫下草鞋，丟棄之後才搭船。（《笈埃隨筆》。宮城縣牡鹿郡鮎川村）

即使是富士山這樣的大山，仍然不喜歡人們把山上的泥土帶到遠方，山腳下都會設置一個撢去泥砂的地方，從前，登山客必須在這裡把穿過的草鞋換掉。據說須走口那些被登山客踩下來的砂石，會在當天夜裡再度回到山上。

伯耆的大山也是如此，據說下山的砂石天黑後就會回到山上，早上復又下山。對於堅信山的力量，認為山本來就是如此的人們來說，這也是理所當然的故事吧。不過，大家仍然十分小心，努力維持山的高度，不讓它變矮。富士的行者[19]在登山時，總會特別小心自己的步伐，不要將石頭踩到山下。此外，據說還有人特地帶來近江國的泥土，獻給這座山。大家應該都知道，遠古之時，富士從近江那邊飛來，一夕之間就在此地出現，據說現在人們仍然會把它祖國的土壤帶來，一點一滴地為它補充故國之土。

譯註1 靜神社供奉的建葉槌命，又名天羽槌雄神、倭文神，掌管織布的神明。

譯註2 日本古代的行政區，位於今岩手縣。

譯註3 位於福島縣。

譯註4 日本古代的行政區，位於今福島縣沿岸及宮城縣南部。

譯註5 日本古代對中國的稱呼。

譯註6 日本古代的行政區，位於今鳥取縣。

譯註7 伊吹山的山神。

譯註8 日本古代的行政區，位於今山形縣及秋田縣。

譯註9 一英里約於一．六公里。

譯註10 比目魚的別稱。

譯註11 日本古代的行政區，位於今山梨縣。

譯註12 位於山梨縣大月市，江戶時代名列日本三大奇橋。

譯註13 以《源氏物語》中善妒的六條御息所為題材的歌謠。

譯註14 一一一八—一一九〇。平安時代後期的詩人、僧侶。二十三歲出家，隨後赴西方各地遊歷，並留下許多詩歌作品。

譯註15 日本古代的行政區，位於今宮崎縣。

譯註16 以稻草編製，用來保護馬蹄的護具，作用類似馬蹄鐵。

譯註17 日本古代的行政區，位於今愛知縣東部。

譯註18 位於宮城縣太平洋上的浮島。

譯註19 參加富士講（前往富士山的參拜活動）的信徒。

神之戰

前往京都鞍馬參拜毘沙門的路上，還有另一座野中村的毘沙門堂，據說人們原本稱祂為惜福的毘沙門。祂捨不得人們特地前來鞍馬參拜時得到的福氣，會把它搶回去，所以來鞍馬參拜的人，不僅不會參拜這座佛堂，還會刻意繞路，從東邊的小路通行。

即使是日本第一的富士山，在過去仍然要面臨來自各地的競爭者。由於人們過度熱愛自己所在地的山峰，山峰也不得不彼此競爭吧！古時候流傳著一個傳說，據說常陸的筑波山雖然比較矮，卻比富士更善良。遠古之時，御祖神[1]到各國巡視，夕陽西沉時來到富士，向它提出住宿一夜的請求，它說：「今天是新嘗祭[2]，家裡正在齋戒，沒辦法讓您過夜。」拒絕了祂。筑波則正好相反，「雖然今晚是新嘗祭，不過沒關係。請您放心留下來過夜吧！」還盛情招待祂用餐。神明非常高興，於是以詩歌的方式，吟詠了許多吉利的祝詞，像是這座山將會繁榮昌盛，人跡絡繹不絕，在此飲食歌舞，永無絕期。因為這個緣故，筑波無論春秋都青綠茂盛，成了男男女女都喜愛的山峰。富士的雪量多，爬山的人比較少，爬山時還要擔心食物的問題，就是在新嘗前一晚，趕走重要客人的懲罰。無庸置疑地，這全都是在筑波山盡情玩樂的人們流傳下來的民間故事。（《常陸國風土記》。茨城縣筑波郡）

富士與淺間山的心結，似乎也是古早之前流傳的說法，現在已經失傳了。

不可思議的一點是，早在很久之前，富士山上祭祀的神明就是淺間大神[3]。在富士競爭者筑波山的山頂，不知道是為什麼，也供奉著淺間大人。還有伊豆半島南端，雲見的御嶽山上，也有淺間神社，這座山也有跟富士交惡的故事。也不知道從哪時候開始的，富士山的神明是木花開耶媛，這座山的山神是祂的姊姊——磐長媛，因為姊姊容貌醜陋，儘管身為神明，仍然十分善妒，因此，爬山的人絕對不能提及富士山的消息。（《伊豆志》及其他。靜岡縣賀茂郡岩科村雲見）

然而，距此地僅約兩里處的下田町後方，有一座名為下田富士的小山，相傳祂是駿河富士神的妹妹。由於她的容貌比姊姊更出色，所以不喜歡與姊姊見面，在兩座山之間，豎起天城山充當屏風。因此，奧伊豆的人不管從哪個角度都看不見富士山，當地的人總是說：「得再生個美女才行。」我想原本應該是另一個故事，後來才演變為現在的版本。（《鄉土研究》第一篇。靜岡縣賀茂郡下田町）

越中舟倉山的神明是姉倉媛，據說祂原本是能登石動山之神——伊須流伎彥的夫人。後來，伊須流伎彥成為能登的杣木山之神之後，另娶能登媛為妻，引發兩座山的嫉妒之爭。布倉山的布倉媛支持姉倉媛，甲山的加夫刀彥協助能登媛，據說發動一場聲勢浩大的神之戰，國內的神明紛紛集合，為祂們調解。一說為每年十月十二日的祭典之日，舟倉與石動山會舉辦投石之戰，舟倉權現被小石子砸傷，因此，在山腳下的平原找不到小石子。（《肯構泉達錄》等。富山縣上新川郡船崎村舟倉）

相反地，阿波的岩倉山則是一座有許多岩石的山。相傳這是因為遠古之時，該國的大瀧山與高越山發生戰爭，雙方投擲的石頭都落在這裡之故。直到今日，這兩座山上的石頭仍然很少，因為都被雙方投擲殆盡。（《美馬郡鄉土誌》。德島縣美馬郡岩倉村）

還有一個更有名的傳說，野州日光山與上州[4]赤城山的神之戰。在二荒神社[5]的古文獻中，詳細記錄著那場戰爭的情況，赤城山化為蜈蚣的模樣，騰雲駕霧攻打而來，日光之神則化身為大蛇之姿迎戰。後來，大蛇不敵蜈蚣，日光神即將戰敗之際，一名善於射箭的青年——猿丸太夫受到神明之託，加入戰局，終於擊退赤城之神。戰爭發生的平原稱為戰場原，當時流下的鮮血，則化為赤沼。任誰聽了，都不會相信這個故事吧，不過，從前日光的人們對此深信不疑，直到後世，每年正月四日都會舉辦武射祭，由神主登山舉辦儀式，朝赤城山的方向射箭。如果那枝箭能射到赤城山，射中明神神社的大門，氏子則會供奉拔箭麻糬，舉行祭典，將門上的箭拔下來，是否真有其事呢？目前還沒聽過赤城那邊的說法。（《二荒山神傳》、《日光山名跡志》等）

然而，至少在赤城山附近一帶都有這樣的傳說，這座山與日光的交情很不好，因為遠古時曾發生神之戰，赤城山戰敗又受了一身傷。利根郡的老神（おいがみ，Oigami）溫泉，雖然如今寫成「老神」，但原本是赤城之神戰敗，逃到此地，才稱為追神（おいがみ）。（《上野志》。群馬縣利根郡東村老神）

除此之外，赤城明神的氏子絕對不會前往日光參拜。日光的人們流傳著一種說法，要是赤城的人登日光山，一定會風雨大作。東京的牛込原本是上州人開墾的地方，那裡也供奉赤城山之神，自古就有赤城神社。德川家有許多武士住在牛込附近，成為赤城大人的氏子，據說他們不能前往日光參拜。若是接獲某些任務，非去不可的時候，他們會向氏神稟告原因，暫時脫離氏子的身分，成為築土八幡或是市谷八幡的氏子，才能出發。（《十方庵遊歷雜記》）

據說奧州津輕岩木山之神，非常討厭丹後國[6]的人，丹後國之人如果在不知情的情況下到訪，一定會遭逢災禍。從前，據說若是海浪翻騰、天候不佳，持續數日之久，人們會到旅館或港口的船隻一一盤查，查看是否有丹後人跑進來了。這是因為當這座山的山神還是人類之時，是一位美麗的公主，在丹後由良這個地方遭遇慘事，對此感到憤怒不已。（《東遊雜記》及其他）

信州松本深志天神大人[7]的氏子們，多半不會與島內村的人結為姻親。因為天神即為菅原道真，島內村的氏神武之宮，供奉的是其競爭者藤原時平[8]，不僅不會締結婚姻關係，即使來此地工作，據傳都無法在這個村子裡待太久。（《鄉

土研究》第二篇。長野縣東筑摩郡島內村）

下野的古江村，也有供奉時平的神社。同樣地，與它相鄰的黑袴村，也有祭拜菅公的鎮守神社，也許是從前兩個村子的交情就不好，才會衍生這樣的想像吧！若是兩個村子的男女結婚，一定會落得不好的下場。古江的庭院不種梅樹，紙拉門、屏風上也不會畫梅花，衣服也不會染上梅花的圖案。[9]（《安蘇史》。栃木縣安蘇郡犬伏町黑　）

下總酒酒井的大和田一帶，在相當廣大的範圍內，原本沒有任何一處供奉天滿宮。原因在於鎮守神社供奉的是藤原時平，乃是天神的敵人，至於當地人為什麼供奉時平大臣呢？目前仍然找不到相關的說明。（津村氏[10]《譚海》。千葉縣印旛郡酒酒井町）

丹波的黑岡村，原本是時平的領地，這裡有一座時平屋敷，相傳他的子孫曾經住在該處。不過我們無法確認是否為事實，總之，這個村子也不能供奉天神大人，相傳若是有人偶然帶著祂的畫像來到此地，一定會刮起龍捲風，把畫捲到天

空中，不知去向。（《廣益俗說》辨遺篇。兵庫縣多紀郡城北村）

從前的人們曾經擁有明確的理由，因此不供奉天神，如今那些理由已經失傳了。因此，也許是人們的想像，村裡神社供奉的可能是類似藤原時平那般，生前與菅原道真交惡的人吧！鳥取市附近也有未供奉天神的村子，那裡有一座古墳，據說是時平之墓。他的墳墓怎麼可能會在這種地方，所以可能是後來某人的想像吧！（《遠碧軒記》。鳥取縣岩美郡）

然而，其他地方也有和天神感情不好的神社。舉例來說，京都伏見的稻荷與北野的天神交情非常差，據說去參拜北野的日子，絕對不能前往稻荷神社參拜。追究起箇中的原因，則是現在聽起來也難以置信的民間故事。從前京都附近有三十番神[11]，祂們會在每個月固定的日子，負責守護皇城。有一天，菅原道真的魂魄化為雷電，來到天皇官邸的附近大鬧，那天正好輪到稻荷大明神執勤，祂駕著雲現身防守，沒讓菅原道真得逞。因此，後來被人們奉為神明之後，北野的天神對稻荷神社依然餘恨未消，不過這肯定是後人擅自想像的故事吧！（《溪嵐拾

葉集》、《載恩記》等）

除此之外，相傳天神大人與大師大人[12]的感情也很差。大師的緣日[13]若是下雨，祭祀天神的日子[14]就是晴朗的好天氣。若是二十一日放晴，二十五日一定是雨天，總之雙方一定會分個高下。除了京都以外，即使鄉下都有同樣的說法。在東京的競爭者則是虎之門的金毘羅大人與蠣殼町的水天宮大人，若一方的緣日是好天氣，另一方多半會下雨，就算無憑無據，人們也會這麼想。也許是因為兩座神社相鄰，沒辦法忽視對方的存在，獨求自己興旺，才會想出這樣的說法吧！

因此，從前的人們很重視氏神，尤其是自己所在地的神明。即使人們必須從愈來愈遠的地方來參拜，每個地方都有自己信奉的神佛，不能隨便到別的地方拜神。即使是同一位神明，一方的香火比較鼎盛，一方卻是門可羅雀，也是由於信徒之間的競爭。前往京都鞍馬參拜毘沙門[15]的路上，還有另一座野中村的毘沙門堂，據說人們原本稱祂為惜福的毘沙門。祂捨不得人們特地前來鞍馬參拜時得到的福氣，會把它搶回去，所以來鞍馬參拜的人，不僅不會參拜這座佛堂，還會刻意繞路，從東邊的小路通行。即使同樣供奉福神，當神明所在的位置不同時，就不能同時參拜，看來應該不是神明的感情不好，而是像山與山的比身高那般，肇因於人們對自己土地的熱愛之情，不願意認輸之故。松尾神社的境內也有熊野石，據說熊野的神明曾經降臨於此，儘管從前曾經為祂辦過祭典，這裡的氏子卻不能前往紀州的熊野參拜。同時，熊野的人也絕對不會到松尾參拜，沒遵守這項禁忌的話，一定會遭到報應。大概也是因為雙方的信仰太接近了，反而討厭懷有二心的人吧！（《都名所圖會拾遺》、《日次記事》）

為什麼會傳出神明交情不好的故事呢？為什麼參拜者會遭到報應呢？由於人們逐漸遺忘真正的原因，因此打算藉由歷史來說明緣由。例如姓橫山的人不能去爬常陸的金砂山。這是因為從前佐竹氏[16]的祖先固守這座山城時，武藏橫山黨[17]的人們來襲，攻下這座城，當時有許多武士奉鎌倉將軍[18]之命從軍。遭受怨恨的，並不只橫山一族，這是有其他原因的。（《楓軒雜記》）。茨城縣久

慈郡金砂村）

在東京方面，據說若是姓佐野的人參加神田明神的祭典，一定會遭遇災禍。因為神田明神供奉平將門[19]之靈，佐野則是殲滅將門的俵藤太秀鄉[20]之後裔。相傳下總成田的不動大神[21]是秀鄉的守護佛，然而，東京附近的柏木村民，絕對不會前往成田參拜。相傳柏木的氏神──鎧大明神，真身正是平將門的鎧甲。（《共古日錄》。東京府豐多摩郡淀橋町柏木）

信州的諏訪附近，有許多姓守屋的人家，不過這些人禁止前往善光寺參拜。若是不守禁忌，硬要去參拜，將會遭逢災禍。因為這些人家是物部守屋連[22]的子孫，他曾將善光寺的佛像扔進難波堀江，是廢佛論的發起人，不過這可能是後世的想像，守屋氏原本也信奉諏訪的明神，因此沒信奉其他的神佛吧！（《松屋筆記》第五十篇。長野縣長野市）

人們認為天神神社與鄰村的氏神競爭，乃是因為他們供奉藤原時平，這是一場奇妙的誤會，不過在群山比身高的故事裡，也有類似的例子。伊豆雲見山的山神，應該是磐長媛，與富士山交惡，另一方面富士則供奉著其妹——木花開耶媛。我們無法得知哪一邊比較早供奉山神，總之兩位女神是姊妹關係，一位比較美，一位比較醜，根據古早的歷史記載，祂們可能因為嫉妒造成紛爭，才會引發相同的想像吧！從吉野川的下游眺望，伊勢與大和邊境的高山——高見山，似乎在與多武峰比身高，因為多武峰一直以來供奉著藤原鎌足[23]，高見山則供奉蘇我入鹿[24]。在這樣的深山裡，應該不可能供奉入鹿，不過，爬這座山的人，不僅不能提及多武峰，也禁止帶鎌刀上山，因為會使山神想起鎌足之事。若是不守禁忌，帶鎌刀上山，一定會受傷，或是引發山崩。（《即事考》。奈良縣吉野郡高見村）

行經高見山的山腳下，往伊勢方向的山路旁，有一顆莫約兩丈高的大岩石，據當地人表示，從前高見山與多武峰吵架，結果吵輸了，山頭飛來掉在這裡。於是我們可以發現，早在供奉蘇我入鹿之前，已經有山與山的爭執了，關於吵輸的山頭飛往他處這一點，我們在羽後的飛鳥，或是常陸的石那阪，都能看到同樣的山岩。為什麼到處都有這樣的傳說呢？儘管我們無法詳盡解釋其中的緣由，可能是因為許多人認為雖然這座山輸了，也像是武藏坊弁慶[25]向牛若丸[26]投降一般，失敗的一方也不是泛泛之輩。總而言之，山與山的比身高，永遠都是一場頂尖高手的驚險對決。因此，沒有人會瞧不起排名第二的那座山。

在日向飯野鄉的原野正中央，有一座高約五尋[27]的岩石，人們供奉祂，並稱祂為立石權現。從岩石處可以看見遠方狗留孫山的峭壁，其上有兩顆大岩石，分別為卒都婆石及觀音石。從前，兩顆石頭的高度完全相同，後來觀音石的頸子折斷了，靠著神力飛到這片原野。因此，現在已經變得比較矮了，不過人們反而膜拜這顆觀音石之頭。（《三國名所圖會》。宮崎縣西諸縣郡飯野村原田）

肥後的山鹿，則有下宮的彥嶽權現山及薄生的不動岩，相傳祂們是兄弟。權現是繼子，母親只讓祂吃黃豆，不動則是親兒子，所以讓祂吃紅豆。後來，這對兄弟山把繩子套在脖子上，用脖子拔河，由於權現山吃的是黃豆，所以力氣比較大，吃紅豆長大的不動岩落敗，脖子被扯斷了，首級掉到久原村。如今，那裡仍然屹立著一顆首岩。祂們的中央則立著一顆搖嶽岩，因為把繩子套在脖子上搖動，所以稱之為搖嶽，山上有兩縷凹陷的地方，只有該處草木不生，所以人們認為那是繩子摩擦留下的痕跡。如今，在吃紅豆長大的不動首岩附近，據說該處的土壤仍然是紅色。（《肥後國志》等。熊本縣鹿本郡三玉村）

譯註1　神明的祖先。
譯註2　向神明供奉該年剛收成的五穀的祭典。
譯註3　基於富士山信仰，將富士山神格化的神明，後世人們認為此神與木花開耶媛是同一位神明。
譯註4　日本古代的行政區，位於今群馬縣。
譯註5　位於栃木縣日光市的神社。
譯註6　日本古代的行政區，位於今京都府北部。
譯註7　深志神社的天滿大神，指菅原道真。
譯註8　八七一—九〇九。平安時代的公卿，在昌泰政變將菅原道真左遷至太宰府。
譯註9　相傳菅原道真十分喜愛梅花。
譯註10　津村正恭，一七三六—一八〇六。江戶時代的國學家。
譯註11　三十位每日輪流守護國家與國民的神祇。
譯註12　空海，七七四—八三五。平安初期的僧侶，曾為遣唐使，赴中國學習佛法。
譯註13　緣日為供養、舉行祭典的日子，大師緣日為每個月的二十一日。
譯註14　天神的緣日為每個月的二十五日。
譯註15　多聞天王，佛教的護法神。
譯註16　日本武家，常陸源氏的分支。
譯註17　以武藏國橫山莊為據點的武士團。
譯註18　指源賴朝。
譯註19　生年不詳—九四〇。平安時代的豪族，欲自封為關東的新皇，遭到討伐。
譯註20　藤原秀鄉，八九一—九五八。平安時代的貴族、武將。
譯註21　不動明王。

譯註22 物部守屋，生年不詳—五八七。古墳時代的軍事豪族。連是當時有力人士的稱號。

譯註23 六一四—六六九。飛鳥時代的政治家，大化革新的中心人物。藤原氏的始祖。

譯註24 六一一—六四五。蘇我入鹿及其父蘇我蝦夷曾掌握政權，六四五年，藤原鎌足發動乙巳之變，暗殺入鹿，協助當時的天皇取回政權，隨後展開大化革新。

譯註25 生年不詳—一一八九。平安時代的僧兵，源義經的侍從。

譯註26 源義經的乳名。

譯註27 一尋約為一百八十公分。

附錄一

傳說與兒童

在各位的住家周遭，每天經過的馬路旁邊，依然留著不少比上述故事更有趣的傳說。上學的人們來去匆匆，好一陣子沒理睬它，久而久之，也就沒有人記得這些故事了。後來，美麗的湖沼化為農田，壯碩的樹木枯死、被人們收拾掉，儘管一時之間，傳言甚囂塵上，不過後來才出生的人反而沒什麼感覺了，人們也慢慢地淡忘了。因此，村子也多了幾分蕭索與寂寥。

早在很久很久以前，傳說一直是講述給兒童聽的故事。儘管大人也會在一旁聆聽，卻沒什麼機會溫習，不像孩子那般，一直記在心頭，甚至熱切地傾聽，許久之後依然能傳述給別人聽。孩子們的溫習，就是在樹下玩耍，或是大家成群結隊，到這顆岩石前，還是水潭邊，或是行經池邊的堤防。他們講故事的技巧還不夠好，沒人能詳細交待來龍去脈，不過每次大家都能想起上次聽過的情節，暫時沉浸於相同的情緒裡，四目相接，一切盡在不言中。人上了年紀之後，總是比較愛講話，熟知談話技巧之後，若是講起當年的往事，多半只記得這些少年時期記在心上的故事。因此，老人家講述的傳說，一定跟某個時代的童年脫不了關係。

倘若與童年無關，日本的傳說肯定會加快腳步，變成索然無味的故事吧！

因此，如果各位年輕時沒聽過什麼故事，或是逐漸淡忘故事的內容，我們也只能依賴書本，取代老人家的口述了。書裡有許多講給大人聽的故事，也有不少大人覺得稀奇的故事。然而，如果現在不透過書本，我們已經無法得知從前小孩的心情了。在那個國家年齡層偏低，每個人都懷抱著宛如少年般的光彩活力，憑眺天地萬物的時代，也曾經在各位的身上，延續了一段時間。如今，經過百轉千迴，書本想要再次向各位訴說。

年紀小的孩童，本來就像在讀一本有插畫的圖書，看著各色各樣的物體，聆聽著、品味著自古而來的傳說。許多小鳥飛到籬笆樹上，當孩子們聽人說明牠啼叫聲的由來時，小鳥在枝頭上上下下，為故事平添了幾分趣味。見了路旁各式各樣的石佛，聽過民間故事的孩子則會點頭微笑，欣賞這些石像。年紀漸長之後，人們憶起當年，最懷念的故事就是地藏菩薩了。祂的身高相當於十一、二歲的兒童，與其說像神佛，祂的面容更像某個人類。同時，祂還是許多傳說的管理者。

即使每個村子都有自己的故事，一一舉出名字之後，最多的似乎還是石地藏的故事。這些兒童長年來的好朋友，容易在不知不覺中消失，因此，這裡要代替百年前的孩子們，稍微跟讀者聊三、四個書本記載的故事。自古以來，最有名的就是負箭地藏與替身地藏，祂會成為信徒的替身，擋去災禍，事後才看到祂們背上插著敵人射的箭，不過這只是跟特定人士有關的神奇故事。與當地關係深厚的地藏，不需要特地請求，祂也會為村子工作，發現出乎意料的事件之後，才會引來大量的信徒。其中，地藏對農業特別慈悲，這也是大家最感謝祂的一點。相傳不洗腳地藏經常化為一般人的模樣，在忙碌的日子過來幫忙。引水地藏則會在田地的灌溉水不足時，悄悄截斷水溝，把水引進特定的田裡，因而遭致鄰村的怨恨。不過，一旦人們得知是地藏做的好事，沒有人會繼續生氣，都懷著感恩的心。

鼻取地藏[1]也是悲憐農民的神明，東日本有許多供奉祂的村子。距離我目前住處最近的，是上作延延命寺的鼻取地藏，這是一尊立誓馴服暴馬的神明，祂的聲名響亮，就連奥州南部都能聽見祂的名號。從前，這個村子插秧那天，名主[2]

家的馬鬧脾氣，不肯聽話，這時，來了一個不曾見過的小和尚，摸摸馬的鼻子，馬立刻就安靜下來。第二天，廟裡的和尚要到地藏前面唸經，上前一看，神像的腳沾了泥巴。這才發現昨天的小和尚就是地藏菩薩，成了人們口耳相傳的故事。（《新編武藏風土記稿》。神奈川縣橘樹郡向丘村上作延）

另一間是八王子的極樂寺，不過這裡供奉的不是地藏，而是阿彌陀佛本尊，稱為鼻取如來。從前，這座寺院附近的農田，因百姓懶散，不肯耕作，正愁不知如何是好，這時同樣來了一名小和尚，牽著馬的鼻子，幫了忙大家。也不知是什麼緣故，這尊阿彌陀佛的雙唇微開，露出牙齒，表情比較特殊，於是人們又稱祂為露齒佛。（《新編武藏風土記稿》。東京府八王子市子安）

相傳駿河宇都谷峠下的地藏尊，出自聖德太子之手，也有個綽號叫鼻取地藏。從前，祂曾經在榛原郡的農家，幫忙拉牛的鼻子，有事相求的信徒會帶鐮刀來當供品，因為他們覺得地藏菩薩喜歡農事吧！據說祂有一次曾經來到日光山寺院的食責儀式[3]，吃了許多的麵線，所以又稱為麵線地藏。（《駿國雜志》。靜

岡縣安倍郡長田村宇都谷）

所謂的鼻取，是一根約六尺長的木棒。利用牛、馬耕田時，先將這根棒子綁在牠們的嘴巴上，再拉著牠們前進。如今還使用這種方式的農家，即便在東北也愈來愈少見了，不過插秧前是非常忙碌的時期，本來就要另外找人來負責鼻取的工作，大人實在分身乏術，經常找少年來負責這項任務，要是沒做好，通常會挨一頓罵。地藏特地趕來幫忙，實在很像少年的美夢。原本連這根棒子都沒有，直接拉著牛或馬鼻子上的繮繩前進，對少年們來說，算是一件相當辛苦的差事，不過由牛、馬耕田，在東方並不是什麼古老的習俗。因此，這也是後人新編的傳說。石城長友長隆寺的鼻取地藏，則是因為農夫翻土的時候，把負責鼻取的少年狠狠地罵了一頓。後來不知道打哪來了另一個孩子，接下鼻取的工作，農夫非常滿意，想跟他道謝，卻找不到人了。寺院裡，地藏堂的木地板，則留下小小的泥巴腳印。人們事後才明白，地藏心疼少年挨罵，才會替他完成鼻取工作，心裡十分感激。據傳這尊地藏可能是安阿彌[4]的名作，現在已經是國寶，成了備受呵護的神像。

（《鄉土研究》第一篇。福島縣石城郡大浦村長友）

此外，在福島的城鎮附近，腰濱天滿宮隔壁的地藏，也有同樣的故事，堂名也叫做鼻取庵。這位地藏曾化身為小孩，為農田引水，或是幫忙拉馬的鼻子。農人吃午飯的時候，本來想帶他來一起吃飯，沒想到離開農田後，卻遍尋不著他的身影。四處搜尋後，走進堂中一看，地藏的雙腳還沾著泥巴。（《信達一統志》。福島縣福島市腰濱）

在登米的新井田部落，以前，從鄰郡來到此地分家的人，他帶來內神[5]七觀音[6]及地藏，在屋子裡建造祠堂，用心供奉，村人也會來參拜。農事繁忙的時候，偶爾也會有沒見過的孩子來訪，協助各個農家的鼻取工作，大家似乎都認為那孩子就是這尊地藏，於是稱祂為翻土地藏，至今仍然信奉祂。（《登米郡史》。宮城縣登米郡寶江村新井田）

除此之外，安積郡鍋山的地藏菩薩，也流傳著不少協助農務的故事。據說開墾這座村子之時，村民特地從隔壁的野田山將祂請來此地。（《相生集》）

在足利時代[7]的文獻《地藏菩薩靈驗記》中，也有不少諸如以下的故事。一名出雲大社的農夫虔誠信奉地藏菩薩，當農夫生病之時，地藏化身為十七、八歲的青年，代替他下田，在神社的農地工作。因為祂工作太熱心了，奉行[8]十分感動，用餐時請祂喝了一杯酒。祂高興地喝了酒，把酒杯頂在頭上，後來不知道上哪去了。第二天，農夫聽了這件事，心想難不成是……拉開神龕的門一看，地藏菩薩頭上果然頂著酒杯，雙腳沾滿泥巴的站在裡面。近江西山村有一個百姓叫佐吉，因為生病的關係，沒辦法下田除草，於是他平常信奉的木本地藏，不知何時來到這裡，幫他把草都拔光了。早上去參拜的路上，還看到田裡長滿茂密的雜草，回家的時候，發現已經拔得一乾二淨了。正在思尋為什麼會發生這種事，詢問附近的人，對方回答：「方才看見一名年約七十的老和尚，沿著田埂走了一圈，除了他之外，沒看到其他人了。」也許這是地藏的方便[9]，給予的援助吧，往回走向佛堂一看，附近全都是泥巴腳印，一直延續到神龕當中。

又或者是插秧的時分，農民們為了引水起了糾紛，結果一名農夫受傷了，躺著養病，後來夜裡來了個小和尚，把水引入這名男子的田裡。有人氣得朝他的背部射箭，於是他不知逃往哪裡去了。後來，農夫要去拜家裡的地藏菩薩時，才發現祂的背上插著箭，腳也沾了田裡的泥巴。這類引水地藏的故事，已經流傳很長一段時間了。此外，筑後國的鄉下，有人為了種植八講[10]的米，半夜下田，發現有人在引水。許多村人跑出來看，借著月光，清楚看見一名年輕的法師，把拐杖立在田地的出水口，攪動排水溝裡的水，使細長的水溝掀起波濤，水竟往上流的方向流去，全都流進那片田裡。人們同樣拿箭射向他，後來發現地藏的背上插著箭，這枝箭以山鳥的羽毛製成，有點類似前面提過的足利獨眼清泉。這個神奇的現象使人們心生敬畏，於是將這片農地捐出去，興建寺院，命名矢田寺。

這類型的故事不只發生在地藏身上，還有上總廳南的草取仁王、駿河無量寺的早乙女彌陀、秩父野上的泥足彌陀等，各處的村落都有這樣的故事。其中，最具人性、個性最孩子氣的就屬地藏了。在佛教當中，地藏尊者發願拯救眾生，願意前往世上的任一個角落，願意跟隨任何人，於是化身為不起眼的旅行僧人，拄著拐杖，從不停下腳步。不過，在日本的故事中，似乎不僅只於此。遠州山裡的村子裡，有個百姓必須在夜裡守護小米田，正愁不知如何是好，於是他向地藏說：「要是您能守護這片田，不讓鹿、猴子吃掉，我會製作小米麻糬獻給您。」後來，他竟然把這件事忘得一乾二淨，地藏非常生氣，讓男子染了一場病。男子察覺之後，嚇得立刻獻上小米麻糬，結果立刻就痊癒了。尾張有名叫做宮地太郎的武士，他去賞花的時候，山裡的地藏菩薩化身為山伏[11]，在一旁窺探。於是宮地太郎便邀祂加入，一起吟詩，戴上烏帽子[12]打鼓，一起舞獅。

此外，某地有一名虔誠的老人，他總在每天黎明前出門，繞到地藏菩薩的村子，想見證祂走路的情景。就這樣持續了好幾年，他終於見到地藏菩薩行走的姿態。據說祂的模樣與一般人完全無異。在許多村子都能聽到地藏夜遊的故事。例如埼玉縣野島淨山寺的獨眼地藏，因為祂太常出走了，住持擔心祂的情況，只好在祂背上釘個釘子，用鍊子鎖起來，結果立刻遭到報應，染上惡疾身亡。後來仍然放任祂自由地夜遊。不過，有一次祂誤入茶園，被茶樹戳傷了眼睛，如今，祂的木像仍然只有一隻眼睛。此外，據說祂也曾在門前的池水清洗眼睛的傷口，直到今日，那座池子裡的魚全都是獨眼魚。（《十方庵遊歷雜記》。埼玉縣南埼玉郡萩島村野島）

在東京，下谷金杉的西念寺也有一尊洗眼地藏。還有缺鼻地藏、舔鹽地藏等，有趣的名字還不少，卻沒留下多少傳說。除此之外，偶爾也有路旁的地藏向旅人惡作劇，給他們添麻煩的故事。相州大磯則有化身地藏，又名袈裟切[13]地藏。伊豆仁田則有名為無手佛的石地藏，每天夜裡都會化身女鬼，嚇唬經過的路人，有一次，祂遇上一名武功高強的年輕武士，雙手被砍掉，逃進樹林裡。第二天早上一看，地藏的手落在田邊，這就是一個有點異色的故事了。（《伊豆志》。靜岡縣田方郡函南村仁田）

還有許多受到綑綁的地藏，京都壬生寺的繩目地藏，又名為化身地藏。武藏的居民香匂新左衛門躲在這座寺院裡，遭到追兵圍捕，命在旦夕之際，地藏本尊化身為他的模樣，被追兵綑綁後帶走，事後仔細一瞧，才發現是地藏尊者，還真是個不小心的故事。話說回來，品川願行寺的綑綁地藏，每天都有來祈求的信徒，把祂綁起來往上吊。每逢一年一度的十夜[14]晚上，寺院裡的住持會將所有的繩子解開，放在平地，第二天起繼續綑綁。（《願掛重寶記》。東京府荏原郡品川町南品川宿）

據說原本只是拿繩子在地藏身上打結，並不是綑綁。如今，人們仍然會在神木或寺院的鐵絲網窗戶上，打結綁上紙張或繩子，據說這是人們與神明聯絡的方式。前述鼻取地藏所在的上作延村，從前也有一棵名為綑綁松的大樹，又名聖松，許願的人會帶繩子來，綁在這棵松樹上。等到願望實現之後，再來答謝，把繩子解開。聽到綑綁，人們容易產生比較負面的想像，也衍生了各種不同的故事。龜井戶的天神神社境內，有一座小祠堂叫頓宮神，裡面安置著老爺爺與老婆婆的木像。祂們身後站著手持繩索的青、赤二鬼。頓宮神就是這尊老爺爺。從前，菅公被流放到筑紫之際，老婆婆盛情款待他，老爺爺則是非常冷淡。於是，直到今日，來參拜的人們仍然會拿鬼手上的繩子，纏在老爺爺身上，藉此向天神祈求。到了第七天，要來把繩子解開。（《願掛重寶記》。東京府南葛飾郡龜戶町）

在乞雨的儀式中，也經常將石地藏綁起來。羽後花館的瀧宮明神是司水之神，過去的神像則是石地藏的模樣。當地人稱祂為雨地藏、雨戀地藏，乾旱之年，人們會用一條長繩子把祂綁起來，把石像沉進洪福寺潭中，如此一來，乞雨一定會成功，很快就會下雨。（《月之出羽路》。秋田縣仙北郡花館村）

有些村子的人們相信，只要乞雨地藏舉行開帳[15]儀式，就會下雨。不過，光是舉行儀式仍然鮮少降雨，後來，人們開始採取更加激烈的手段。例如熊野芳養村的泥本地藏尊者，人們會將神像脖子以下的部分浸入河裡，進行乞雨儀式。（《鄉土研究》第一篇。和歌山縣西牟婁郡中芳養村）

播州船阪山的潑水地藏，則是汲取祠堂邊古井裡的水，沖洗祠堂裡的地藏，接著取此水讓信眾飲用。雖然現在似乎與乞雨無關，相傳這口井在大旱之時，也不曾乾涸。（《赤穗郡誌》。兵庫縣赤穗郡船阪村高山）

肥前田平村的釜潭，每逢乾旱之時，當地人都會在此集合，努力將潭水汲光。當水深減到一半時，可以看見水中有一顆石頭首級，據說那是地藏菩薩的

首級，將水汲乾到這個程度時，通常都會降雨。（《甲子夜話》。長崎縣北松浦郡田平村）

很久很久以前，日本就流傳著這樣的乞雨方法，地藏卻是從外國傳來的，也許是後來才接下這項任務的吧！

筑後山川村的瀧潭，從前有一位平氏這邊的公主，投水後成為潭主，如今仍然住在潭裡。據說祂是一條驚人的大鯰魚，岸邊的一座七靈社，祠堂裡供奉著公主的木像。乾旱的時候，人們會將木像請出來，放入潭水當中，這就是當地乞雨的儀式。（《耶馬台國探見記》。福岡縣山門郡山川村）

大和丹生谷的大仁保神社，供奉著一位俗稱御丹生女士的水神，祂也是一位女神。乞雨之時，人們也會把祂的神像沉進水裡，據說只要稍待片刻，一定會下起雨來。（《高市郡志料》。奈良縣高市郡舟倉村丹生谷）

武藏比企的飯田，有一個石船權現，從前祂的神體乃是一顆莫約一尺五寸大小的船形石頭。人們堅信，只要將這顆石子浸泡在神社前方的御手洗池中，神

明一定會顯靈，後來也不知怎麼了，改成使用御幣，再也沒人見過那顆石頭了。（《新編武藏風土記稿》。埼玉縣比企郡大河村飯田）

除此之外，還有在石地藏上塗抹各種東西的儀式，這似乎不是佛法傳來的教誨。在羽後的男鹿半島，有另一種乞雨的案例。鳩崎的海岸附近，有一尊臥地藏，不過那只是一座刻著梵文的石碑，平常總是橫放著，只有乞雨的時候會把祂立起來，在石頭上塗滿田裡的泥巴。據說只要這麼做，一定會下雨。（《真澄遊覽記》。秋田縣秋田郡北浦町野村）

人們也許認為，用泥巴把地藏弄髒後，地藏會降下雨水，把自己洗乾淨吧。即便不是這個原因，人們仍然會把泥巴塗抹在地藏身上。大和二階堂的潑泥地藏，在每月二十四日的御緣日，仍然會在佛像身上潑灑泥水，舉行祭典。（《大和年中行事一覽》。奈良縣山邊郡二階堂村）

還有一種潑油地藏，來參拜的人都會在地藏身上灑油。大阪附近的野中觀音堂旁，還有一尊黑漆漆的潑墨地藏。來還願的人，一定會帶來墨汁，淋在祂身上。

（《浪華百事談》）

羽前狩川的冷岩寺前方，有一尊毛呂美（もろみ，Moromi）地藏。從前，一般百姓還能釀酒的時期，附近的民眾在釀出米漿——醪（もろみ）之時，都會先盛一杯，拿來倒在地藏的頭上。等到醪發酵、腐敗之後，味道臭得連路人都得捏著鼻子，卻沒有人會把祂洗乾淨。據說從前有一個農夫，覺得地藏菩薩實在太髒了，幫祂洗乾淨，沒想到立刻遭到報應，全家都染上瘟病，遭逢一場大劫，於是人們嚇得再也不敢碰祂了。（《鄉土研究》第二篇。山形縣東田川郡狩川村）

除此之外，還有許許多多的撒粉地藏。相傳位於伊予道後溫泉的地藏，參拜者都會帶白粉[16]來，撒在祂身上，於是又名沾粉地藏。據說祂是一名非常喜歡兒童的地藏，究竟真相為何，如今已經不可考了。（《日本周遊奇談》。愛媛縣溫泉郡道後湯之町）

駿河的鈴川附近，有一尊相當有名的石地藏，據說祂會化身為小和尚的模樣，在祭典的時候，人們也會為祂塗上白粉，幫祂化妝。（《田子之古道》。靜

岡縣富士郡元吉原村）

相模[17]弘西寺村的化妝地藏，當信徒有事相求時，也會將白粉、胡粉[18]塗在地藏的臉上，向祂祈願。（《新編相模風土記》。神奈川縣足柄上郡南足柄村弘西寺）

近江湖水北邊的大音村有一尊撒粉地藏，在這一帶工廠抽絲[19]的女孩，每當雙手龜裂時，就會帶一小撮米粉或麥粉，撒在這尊地藏上，據說很快就能痊癒。（《鄉土研究》第四篇。滋賀縣伊香郡伊香縣村大音）

安藝福成寺的虛空藏（こくうぞう，Kokuzou）菩薩，附近的農民經常帶麥粉或米粉來，撒在神像上供奉祂。據說人們以為這尊菩薩名叫「食粉藏」（粉喰うぞ，Konakuzo），獻上米粉，祂應該覺得很開心吧！（《碌碌雜話》）撒粉的歷史已經十分悠久，所以人們才會輕易相信這樣的說明吧！總之，虛空藏菩薩與地藏菩薩相互呼應，交情宛如兄弟，與土地淵源匪淺的地藏尊者，在農村特別受歡迎，即便是各位讀者這樣的年輕人，都對祂敬畏有加，形成莫大的力量。

自古以來，京都每年的七月二十四日為六地藏參拜日，很多人都會到附近的村子巡禮。村子裡會設置休息所、奉茶，孩子則會把路旁的石佛全都集中在一處。接著把祂們的臉塗白，稱祂們為地藏，獻花、供奉食物，供都市來的人們祭拜。（《山城四季物語》）我們家的鄉下也會在夏天傍晚舉行地藏祭典，那是村子最愉快的時光，除非上了年紀，不長記性了，不然每個人應該都還記得，包成三角形的紅豆飯滋味。

有些地方，則會在隆冬時分祭拜地藏。伯耆國的某個村子，稱之為大師講[20]，就是在十一月二十四日黎明之前，帶著生的糯米糰子，來到十字路口，把它塗在六地藏的石像上。據說第一個來塗的人，長大之後可以娶得美嬌娘，或是嫁得好夫婿。（《霞村組合村是》。鳥取縣日野郡霞村）

大阪天王寺的地藏祭，從前在農曆十一月十六日舉行。這天一大早，孩子們會帶來米粉，塗抹在地藏的臉上，傍晚則焚燒稻草，將祂熏黑。同時拍手唱著「明年的——，明年的——」，跳起離別之舞。（《浪華百事談》）

有些人則稱之為道碌神祭典。道碌神也就是道祖神[21]，祂也是十分疼愛少年的十字路之神，祂與地藏本來就是相同的神明，所以這個說法肯定沒錯。大部分的地方都在正月十五祭拜道祖神。若道祖神是木像，孩童們也會把祂塗白。在東京以西的山間村落，這一天則會把石頭製的道祖神放進歲德燒[22]的火裡熏黑。信州川中島的村子裡，則於二月八日舉行祭典，人們早上搗麻糬，綁在稻草紮成的馬背上，拉到道碌神面前，把麻糬塗在石頭神像的各個角落。

早些時候，城市裡的孩子還會唱著「影子道碌神」[23]，在月夜裡嬉戲。約莫三十多年前，東北鄉下有一個罕見的遊戲，叫做「地藏遊戲」。一個孩子手持南天竹的樹枝，以包住大姆指的方式握拳。其他孩子在他身邊圍一個圓圈，像在玩「籠中鳥」[24]一般轉圈圈，反覆唱著「地藏大人，請您降臨」，於是，那孩子就會逐漸化身為地藏菩薩。

「地藏大人，請您告訴我。」

「地藏大人，一起玩吧。」

說著，大家開心地唱唱跳跳，不過，這個遊戲原本的目的是協尋失物，詢問這名化為地藏的孩子。有的村子稱地藏為玩樂地藏，地藏菩薩永遠只剩下底座，地藏則是不知道上哪逍遙去了。通常是被年輕人帶到十字路口的廣場，把祂當成大力士比賽的試力石。每逢恭喜人家娶媳婦、嫁女兒的時候，年輕人也會帶著地藏的石像，到那戶人家的門口玩。地藏講的地藏，則稱為巡迴地藏，每個月都到不同的人家裡做客。

若是有人家的孩子過世了，傷心的父母會準備肚兜、頭巾或圍兜，獻給十字路口的地藏像。因此，地藏經常化身為兒童的模樣。祂也喜歡跟孩子一起嬉戲，偶爾要是被人打擾，也會發脾氣。有人看到孩子拿繩子拉祂、推倒在地上，當成馬騎在祂身上，於是責罵孩子：「別做那種沒大沒小的事。」那人把祂洗乾淨，放回原本的底座。當天晚上，地藏出現在他的夢裡，把他罵了一頓。「難得有機會跟小孩玩，玩得正開心，為什麼你這麼不解風情，硬要把我帶回去呢？」被祂痛罵一頓之後，那人嚇了一跳，後來都任祂跟小孩一起玩了。

儘管父親什麼都不懂，孩子也一樣搞不清楚狀況。直到今日，要是有新來的又如法炮製，地藏菩薩一樣會生氣，也不知道是從什麼時候開始的，世世代代的兒童都會跟地藏一起玩耍，應該有某個特殊的原因吧！遠州國安村的石地藏，村子裡的小孩都會拿小石子來敲祂，或是在祂身上挖洞，重新塑了好幾次，不久就會損毀。有人覺得可惜，碎唸了幾句，反而遭到地藏的懲罰。（《橫須賀鄉里雜記》。靜岡縣小笠郡中濱村國安）

早在地藏菩薩的神像出現之前，就有這些打發時間的小遊戲了。從前，在這些故事當中，隱含了許多不可思議的現象，多得幾乎數不清。必須等到長大之後，學習道理，才能仔細探究這些故事。不過，等到長大成人之後，人們幾乎都已經把這些事拋在腦後了，反而是不明究理的孩子，多半還記得這些故事。木曾的須原，有一座射手的彌陀堂。據說從前有一種祭典，在春季彼岸的中日[25]，把宿場（驛站）的男孩找來這裡集合，他們會叫：「家才子（やさいこ，Yasaiko）」，拿小弓射向阿彌陀佛的木像，大笑一場再回家。（《木曾古道記》。長野縣西筑摩郡大桑村須原）

射佛像聽來像是大逆不道之事，不過，這可能也是神明刺到眼睛之類的古老傳說吧！越後親不知海邊附近的青木阪不動明王，越後、信州、東京這邊的人都尊稱祂為不動尊者，越中以西的人則稱祂為奶媽大人，虔誠地信奉祂。相傳這座寺院裡的佛像，是距今約四百年前，有個叫做野宮權九郎的人，從海裡撈到的，祂原本應該是當地人在海灣小島上供奉的神明——產子殿下，不識字的人傳誦的版本，可信度應該比較高吧！因此，產子之後奶水不足的女人，經常來這座佛堂參拜。她們會獻上稻草籃，那是一種以稻草製成的嬰兒提籃，把它掛在佛堂旁邊的青木樹枝上，據說那裡永遠都掛著好幾百只稻草籃。這個神明跟地藏一樣，非常喜歡小孩，村子裡一有什麼風吹草動，許多孩子都會到這裡集合。即使是表情猙獰的不動明王，只要跟姥姥神同住，也會化身為守護稻草籃嬰孩的保護者。中元節的時候，少年都會來閻魔堂參拜，也是因為那位奇怪的老婆婆之故。（《頸城三郡史料》。新潟縣西頸城郡名立町）

自古以來，日本兒童就受到神明的眷顧。不管是道祖還是地藏，來到這個國度後，都成了少年的好朋友，完全是受到我國風氣的影響。若是少了子安女神美好、尊貴的神力，世世代代的兒童將無法快樂成長，齊心協力，壯大這個國家，相同地，若是少了兒童們開心記誦的諸多傳說，也許今日人們與國土的淵源將會更加淺薄吧！與這莫大的功績相比，我的這一篇短文實在微不足道。日後推出的《日本の伝説》，必須是更有趣的，同時也必須是讓人銘記在心，更上層樓的學問之書。

譯註1 鼻取指拉著牛或馬的鼻子，帶牠們耕田。
譯註2 日本古代行莊園制度，擁有領土者即為名主。
譯註3 硬逼修道者吃下大量米飯的修道儀式。
譯註4 快慶，生卒年不詳。鎌倉時代專雕佛像的佛師。
譯註5 在九州南部等地，於本家宅邸供奉的神明，關東地方的北部則稱為氏神。有點類似同族的祖靈。
譯註6 為普渡世人，化身七種姿態的觀音。
譯註7 指室町幕府時，由足利將軍家掌握政權的年代，一三三六—一五七三。
譯註8 古時候公務人員的職務名稱。
譯註9 佛教用語，運用各種權宜之計，引導眾生入佛門。
譯註10 法華八講，供養法華經的法會。將八卷法華經分成八座講說，每座講一卷。
譯註11 在山裡修行的修行僧。
譯註12 男性穿著禮服時佩戴的帽子。
譯註13 從肩膀一刀斜砍到側腹，就像披著袈裟的模樣。
譯註14 十夜念佛法會，淨土宗的儀式，自農曆十月六日起，十天十夜唸佛修行的儀式。
譯註15 開啟平時存放神像的神龕拉門，供信徒瞻仰。
譯註16 日本古代女性美化膚色用的白色粉末。
譯註17 日本古代的行政區，位於今神奈川縣。
譯註18 以貝殼或鉛白製成的白色顏料。
譯註19 從蠶繭抽取生絲。
譯註20 十一月二十三日傍晚到二十四日舉行的習俗，人們在家裡食用紅豆粥及烤糯米糰子。有些地方會祭祀弘法大師、智者大師、元三大師。

譯註21 位於村落交界、山頂或十字路口的神明，防止邪靈入侵，保護居民。

譯註22 元宵節時舉辦的習俗，人們會在收割後的稻田焚燒過年的裝飾及舊的祈願木牌，用此火烤麻糬，祈求未來一年的平安。

譯註23 一種兒童的遊戲，在月色明亮的夜裡，幾個孩子唱著「影子道碌神——」之歌，互踩對方的影子，或是由一人當鬼，追踩其他人的影子。

譯註24 一種日本兒童的遊戲，由一個孩子當鬼，其他孩子圍成圓圈，邊轉圈邊唱童謠，唱完之後，再由中間的孩子猜出身後的人是誰。

譯註25 即春分。

附錄二

名作選

天狗

室生犀星｜むろう　さいせい

罹患傳染病或是腳疾等疾病，只要來這裡祈願，據說都能痊癒。於是，人們不僅為權現堂供奉祭品及白米，更獻上許多天狗的匾額，放在這荒廢的殿堂中。那些匾額仿照天狗泥偶的造型，雕塑成面具。

一

城外的市鎮為古老的樹林環繞，每逢傍晚時刻，天色昏黃之際，奴僕、侍女、守更人等，經常遭人砍傷膝蓋。他們先是覺得好像被小石子般的物體絆住，接著新月型的刀傷便在潔白的小腿上，淌下紅色的血液。人們總說那一定是鐮鼬[1]幹的好事，然而，不管是哪一戶人家，都把綽號鎌鼬的赤星重右之名掛在嘴邊。

沒人知道赤星重右這個沒沒無聞的劍客，在什麼時候流浪到城外北方郊區的台所町。令人費解的是，跟他擦身而過之時，若是他正好不開心，一定會一刀砍向對方的小腿。倒不如說，人們總是突然感到腳或額頭疼痛，這時早就被劃傷了。——因此，城外的劍客全都不敢與之為敵。就連那些固守大桶口、犀川口，在崗哨按月輪班的低階官吏們，看到他行經哨口，都不敢惹他生氣。更別說是女人和小孩了，就連中老、家老[2]、年寄[3]都感到不可思議，他的劍術為什麼這麼高強呢？然而，在這廣大的城外，還不曾有人被他劃傷小腿。

於是，人們覺得鐮鼬這種蹲踞在昏暗樹上的鼠影，看來好似赤星重右，人們甚至連提到鐮鼬的時候，心裡都會浮現重右那短小精悍的身影。——據說有人趁著傍晚潛進重右家中，發現他一如往常地，跟普通人一樣睡著了，卻掛著一副詭異的陰沉面容。說不定，鐮鼬就是赤星重右吧？青白色的夜晚，人們在店門口與崗哨聊著是非，感到幾分古怪離奇。然而，赤星重右並不是什麼不可思議的人物。他只是個身材短小，體格精實的人，總是眉頭深鎖，帶著幾分陰鬱之色。

二

城裡也沒有劍客敢跟謎一般的赤星重右對抗，看來只能想辦法把他趕到其他的藩，或是乾脆僱用他了。不過，他可是個來歷不明的劍客，對於僱用他這件事，家老們可不贊同。後來，城裡的官員開始提議，要不要隨便找個理由，把他關到某個地方。這也是由於不管怎麼看，他這個人都像是被什麼東西附身似的，經常在鎮上昏暗的地方走來走去，那副德行看起來實在不像個正常人。尤其是攀上高牆或樹上的動作，既俐落又敏捷，幾乎看不見他的動作。舉例來說，他右手邊有一座泥牆，當他以手抓住牆上屋簷的同時，身子已經翻越泥牆了。流言愈傳愈廣，從城門到西町，甚至是長町六番丁長滿栲樹的下屋敷[4]，人們都說鐮鼬不只在傍晚出沒，就連大白天的馬路上，偶爾都會掃過路人的小腿或腰部一帶，而且他們都會信誓旦旦地說，在附近的路邊看到重右髒兮兮的身影。不然收重右當徒弟吧？又沒人肯當他的師父。他在台所町的住處，是個僅僅六張榻榻米大的仲間部屋[5]。本來以為他白天、晚上都在睡覺，沒想到偶爾也會在半夜外出。

這座城外，是鮮少發生地震的區域，赤星重右經常爬到樹上，甚至還會搖晃樹木。也許是害怕地震來臨，他會在綠葉之間大叫。

總之，城裡的人做出決議，西方大乘寺山最深處的黑壁山頂，有一座小神社，將以此為中心的九萬步[6]土地賞賜給他，用這個名義把赤星重右關起來。這是因為他們想要試探重右，看他會不會答應這個把他當成妖魔鬼怪的決議。然而，重右卻十分高興，登上黑壁的權現堂。——那二、三年之間，再也沒人見過他的身影。甚至沒有人知道，他在這個積雪深厚的地方，如何度過嚴寒的冬日。

村裡的官員未曾前往黑壁，每年只會報告兩次，宣稱他平安無事，然而官員本人並未登山探視。不知不覺間，人們逐漸淡忘這件事，再也沒有人提起赤星重右了。這是因為在他離開的那段期間，那個砍人小腿的鐮鼬就不曾出現了……不過，提到重右的時候，人們還是認為他被妖魔附身，並沒有什麼新的看法。

三

黑壁權現堂位於懸崖之上，徒步越過小溪之後，懸掛著兩條鐵鍊。也不曉得是誰起的頭，傳說權現堂住著天狗，後來，天狗的數量愈傳愈多。雪深的早晨，童工爬到屋頂掃雪，從此消失在風雪之中，不知去向；方才還在一旁的老婆婆，像是突然從簷廊滾落一般，消失得無影無蹤。同時，也不知道為什麼，前往黑壁權現參拜的人愈來愈多了。罹患傳染病或是腳疾等疾病，只要來這裡祈願，據說都能痊癒。於是，人們不僅為權現堂供奉祭品及白米，更獻上許多天狗的匾額，放在這荒廢的殿堂中。那些匾額仿照天狗泥偶的造型，雕塑成面具。不可思議的是，人們還會取下包覆著鐵絲網的面具，因為人們不敢用鐵絲網把天狗封起來。

這時有一個不可思議的傳說，據說在權現堂看到白老鼠的人，疾病一定會痊癒，那隻白老鼠一定會在腐朽的大廳裡探頭探腦。也不知道打什麼時候起，殿堂裡到處都能見到白老鼠。

還有另一件不可思議的事，在杳無人煙的殿堂裡，那個赤星重右總是吃著供米，喝著神酒，醉倒在地上。由於他平常幾乎不現身，人們反而把赤星重右當成天狗一般，敬畏三分。這是因為他既不是一個饒舌的人，也不會起身工作。只要有空，他就會蹲著吐口水。——最不可思議的是，夜間登山的人告訴村民，這座殿堂的後方，總是不斷傳出宛如陰鬱犬隻遠吠般的呻吟聲，在月明的夜晚，嘶吼得更為淒厲。實際上，殿堂裡的赤星重右也十分詭異，村民屢屢看見他在月夜裡，蹲在懸崖或樹下，蒼白的臉孔朝向天空，發出狗一般的嚎叫。因此，人們認為這是權現顯靈了，對此深信不疑。

那一年秋天，村民在懸崖底下發現赤星重右，他已經化為一具蒼蠅群中的屍體。城外蘭醫[7]派的菊坂長政只診斷那是一種不明的病毒，同時可能侵害某些犬畜，並沒有什麼可疑之處。不過，村人還是在殿堂旁邊隆重地立了墓碑。不久之後，被人們視為神明使者的白老鼠也逐漸消聲匿跡了。因此，村民認為赤星重右應該是某種不可思議的天狗，絕對不能怠慢輕忽，於是將祂迎入祠堂裡。

四

——當我說到這裡，客人立刻露出微笑，說這個故事無聊透頂，一點也不稀奇。

「一定是狂犬病啦。最早的時候，他只是一個精神有毛病的人。從前那些被狐狸附身的人，全都是現在的狂犬病。」我也認同他的看法。

「應該是狂犬病沒錯。不過，現在，黑壁的權現堂仍然存在，依然供奉著天狗。在我的國家，天狗這種東西的確很流行。」小時候，母親和鄰居都會告訴我，天黑之後，天狗馬上就會出來了。事實上，不管去哪家神社，一定都掛著天狗的面具。

「所以人們說，老樹上一定住著天狗。」

「你現在還相信這種事嗎？」面對客人的問題，我搖搖頭，否定了這個說法。

「沒有，只不過，老樹畢竟年代久遠，才會讓人產生一些灰暗的想法吧！除此之外，它什麼也不是。」

於是，我與客人兩人不發一語，沉默地對坐。古樹那陰鬱蕭索、直逼而來的枝葉，在我眼裡投注黑暗的影子，將我的思緒帶往鄉里之間的小鎮。

譯註1　日本傳說中的妖怪，化為旋風，以銳利的爪子攻擊，據說傷者身上會出現銳利的傷口，卻不會流血，也不會感到疼痛。

譯註2　家老為武家家臣團中的最高職位，中老則為其助理。

譯註3　年寄為家老次階的職位。

譯註4　江戶時代，大名位於郊區的行館。

譯註5　城外供武士居住的長屋。

譯註6　面積單位，一步約為一坪。

譯註7　江戶時代修習荷蘭醫術的醫生。

雪女

小泉八雲｜こいずみ　やくも

雪打在他的臉上，宛如午後雷陣雨，於是他醒了過來。小屋的門被外力推開了。借著積雪的微光，他看見房間裡有一名女子——一身素白的女子。女子壓在茂作身上，對著他吐氣，……她的氣息，宛如閃耀的白色煙霧。

武藏國的某座村子裡，有兩個樵夫茂作與巳之吉。故事發生的時候，茂作已經是一名老者。他的契約勞工巳之吉，則是十八歲的少年郎。他們每天都會一起出門，前往距離村子兩里遠的森林。前往森林的路上，必須越過一條大河。那裡有渡船。人們經常在渡船口搭建橋梁，不過，每次發生大洪水，都會把橋沖走。河水氾濫的時候，一般的橋梁根本擋不住那股湍急的水勢。

在一個十分寒冷的夜晚，茂作與巳之吉在回家的路上，遭遇暴風雪。抵達渡船口之後，他們發現擺渡人把船留在河的對岸，已經回家了。那並不是一個適合游泳的日子。於是，樵夫到擺渡人的小屋避難——能找到避難所，他們覺得十分僥倖。小屋裡沒有火盆，也沒有可以燒柴火的地方。那是一間沒有窗戶，只有一扇門，兩張榻榻米大的小屋。茂作與巳之吉關緊窗戶，披上蓑衣，躺下來休息。剛開始，倒也不覺得寒冷。他們認為再過不久，暴風雪就會止息。

老人很快就睡著了。不過，少年巳之吉卻一直醒著，聆聽可怕的風聲，與不斷打在窗戶上的雪聲。河川轟轟轟地怒吼著。小屋宛如在海上的和船[1]般，不斷飄搖，吱喳作響。那是一場恐怖的大風雪。氣溫愈來愈冰寒，巳之吉只能在蓑衣底下不停顫抖。儘管在這樣寒冷的情況下，他還是睡著了。

雪打在他的臉上，宛如午後雷陣雨，於是他醒了過來。小屋的門被外力推開了。借著積雪的微光，他看見房間裡有一名女子——一身素白的女子。女子壓在茂作身上，對著他吐氣，……她的氣息，宛如閃耀的白色煙霧。同時，她轉向巳之吉的方向，壓在他身上。他想要大叫，卻發不出一絲聲音。白衣女子壓在他身上，愈趴愈低，最後，她的臉幾乎貼在他身上，他覺得她非常美麗（雖然她的眼睛很可怕）。她盯著他瞧了一會兒，然後露出微笑，輕聲說：「我本來打算對你做出跟剛才那人一樣的事。不過，心裡卻忍不住覺得你很可憐，……因為你還年輕。……你是個美少年呢，巳之吉先生，我已經不打算加害於你。不過，如果你說出今夜所見之事……即使對方是你的母親，我也會知道，屆時，我將會殺了你。……記住我所說的話。」

說完，她把身體轉向其他方向，從門口離開了。這時，他發現自己能動了，於是一躍而起，察看外面的情況。不過，他完全沒看見女子的蹤影。風雪仍然猛烈地吹打小屋。巳之吉把門關上，用好幾根木棒撐在門上。他以為門是被風吹開的，……他覺得自己彷彿只是做了一場夢。他覺得自己可能把門口閃爍的雪光，看成白衣女子的身形。不過，他不敢肯定。他呼喚茂作。老人並沒有回答，把他嚇了一跳。他把手伸向黑暗之中，觸摸茂作的臉龐。於是，他發現那張臉龐異常冰冷。茂作已經渾身僵硬，沒了氣息……

黎明時分，暴風雪終於停歇。日出之後不久，擺渡人回到小屋，發現茂作凍僵的屍體，巳之吉則失去意識，昏倒在一旁。對方立刻搶救巳之吉，他很快就醒了。不過，由於那個恐怖之夜的冰寒，他病了好長一段期間。老人的死也讓他受到一場驚嚇。不過，對於白衣女子出現之事，他隻字未提。恢復健康之後，他立刻回去工作，——每天早上獨自去森林，傍晚帶著一綑木材回家。他的母親負責幫他把木材賣掉。

第二年冬季，一天晚上，他在回家的路上，迎頭趕上一名碰巧在同一條路上旅行的年輕女子。對方是一名身材高挑、纖瘦的少女，長得非常美麗。聽到巳之吉向她打招呼，她回答的聲音宛如黃鶯出谷，聽來非常悅耳。於是，他跟她併肩走在一起，一邊聊天。少女說她叫「小雪」，還說了前陣子父母都過世了，所以她打算去江戶，那裡有幾戶貧困的親戚，那些人應該會幫她找些女傭的差事云云。巳之吉立刻在這名素未謀面的少女身上，感到一股懷念之情，而且，他覺得她愈看愈漂亮。他問她是否已經婚配，她笑著回答，沒有那樣的對象。接著，輪到她問巳之吉，結婚了沒？還是有對象了？他回答她，自己尚有老母要供養，至於老婆的話，自己還年輕，還沒想過那個問題。……兩人坦誠以對之後，他們都沒有說話，一起走了好長一段路，不過，就如俗語所說：「眉目傳情，勝過千言萬語」。抵達村子的時候，他們已經互相傾心。這時，巳之吉對小雪說：「在我家休息一下吧！」她羞澀地猶豫了一會兒，還是與他一起回家。他的母親熱烈地歡迎她，為她準備了熱騰騰的餐點。小雪的言行舉止都十分得體，巳之吉的母親很快就看上她，求她晚一點再踏上江戶之旅。於是，自然而然地，小雪終究沒有去江戶。她成了這個家的「媳婦」，就此待下來。

小雪是一個無可挑剔的媳婦。巳之吉的母親過世之時（約莫是五年後），她的遺言都是對媳婦的關愛與讚賞，後來，小雪總共為巳之吉生下十個兒女，每個小孩都很漂亮，膚色非常白皙。鄉下的人們都覺得小雪天生就跟他們不一樣，是一個不可思議的人。一般來說，務農的女子老得很快，不過，即使小雪已經是十個小孩的母親，外表仍然跟剛來村子那天一樣年輕，嬌豔欲滴。

一天晚上，孩子們就寢之後，小雪就著燈籠的火光做針線活。巳之吉盯著她說：

「看見光照在妳的臉上，做針線活的模樣，讓我想起十八歲的時候，遇上的一段奇聞。當時，我見過一個跟現在的妳一樣漂亮，皮膚又白皙的人。那個女人，長得跟妳一模一樣呢！」

小雪的目光沒離開工作，回答：

「跟我說說那個人的故事吧！……你在哪裡遇見的？」

於是，巳之吉對她說起那個在擺渡人小屋度過的恐怖夜晚，……還有那個面帶微笑，輕聲呢喃，壓在自己身上的白衣女子，……以及茂作老人不發一聲就死掉之事。接著，他又說：

「不管是做夢還是醒著，我只在當時見過跟妳一樣美麗的人。那位當然不是人類。而且我覺得那個女人很恐怖，……我怕得不得了，……不過那個女人非常白。我還是不明白，我到底是在做夢，還是遇上雪女了……」

小雪把手邊的衣服一扔，站起來，來到巳之吉坐著的地方，壓在他身上，對著他的臉大吼：

「那就是我，是我，是我啊。……那時在下雪。而且，我當時告訴過你，如果你把這件事說出去，我就會殺了你。……要是沒有那幾個還在睡覺的孩子，我現在就會立刻把你殺了。可是，你是一個非常非常疼愛孩子的人，要是孩子們對你有什麼不滿，我也會讓你嘗到同樣的滋味……」

正當她吼叫之時，她的聲音愈來愈微弱，猶如呼嘯的風聲，……後來，她化為一道閃耀的白色煙霧，飄到屋頂的棟梁處，接著穿過排煙窗，輕微地抖動著，離開了。……再也沒人見過她的身影。

譯註1 日本傳統的木船。

座敷童子的故事

宮澤賢治｜みやざわ　けんじ

結果怎麼了呢？在那間房間的正中央，端坐著那位應該才剛抵達，得了麻疹的孩子，他瘦了一大圈，臉色蒼白，一副快要哭出來的樣子，抱著新的小熊玩具。

「座敷童子！」有人大叫之後逃走了。大家也哇的一聲，一哄而散。座敷童子哭了起來。

這是我們故鄉那邊的座敷[1]童子故事。

天色明亮的白天，大家上山工作，兩個小孩在院子裡玩耍。偌大的屋子裡，連一個人都沒有，寂靜無聲。

可是，家裡的某個房間，傳來沙沙沙的掃帚聲。

兩個孩子緊緊摟著對方的肩膀，悄悄去一探究竟，可是，不管是哪間房間，都不見人影，刀劍櫃也悄然無聲，籬笆旁的扁柏，看來更加青綠，到處都不見人影。

他們聽見沙沙沙的掃帚聲。

是不是遠方紅頭伯勞的叫聲呢？還是北上川的水流聲呢？亦或是篩豆子的聲響呢？兩個人左思右想，沉默地聽了一會兒，似乎不是其他的聲音。

他們確實聽到某個地方，傳來沙沙沙的掃帚聲。

他們又再一次，悄悄地到房間窺探，不管是哪間房間，都沒有人，只見太陽公公的日光，明亮地灑滿整個房間。

這就是座敷童子。

「逛大街！逛大街！」2

正好有十個小孩，用盡力氣大叫，他們手牽著手，圍成一個圓圈，在房間裡轉來轉去。這些都是來參加那戶人家宴會的孩子。

轉啊轉，轉啊轉，他們繞成圓圈嬉戲。

不知不覺中，成了十一個人。

沒有不認識的臉孔，也沒有一模一樣的臉孔，不過，不管怎麼數，都是十一個人。這時，大人來了，他們說多出來的那個人是座敷童子。

可是，多出來的人是誰呢？總之，大家都覺得自己絕對不是座敷童子，他們睜大眼睛，認真地瞧，乖乖坐好。

這就是座敷童子。

還有這樣的故事。

某個規模龐大的本家[3]，總會在農曆八月初的如來佛祭典，邀請分家的孩子回來。有一年，其中一個孩子得了痲疹，在家裡休息。

「我想去如來佛的祭典。我想去如來佛的祭典！」那個孩子躺在床上，每天、每天都說著這些話。

本家的老奶奶來探望他，摸了摸孩子的頭，說：

「祭典延期了，所以你快點好起來吧！」

到了九月，孩子終於康復了。

於是，大家都被邀到本家。可是，祭典延到這一天、鉛製的玩具兔子也成了他生病的禮物，讓其他的孩子不太高興。

大家事先講好：「都是他害的。就算今天他來了，我們也不要跟他玩。」

大家在房間裡玩耍的時候，突然有一個孩子大喊：

「哦哦，他來了，他來了。」

「好，大家躲起來吧！」於是大家躲進隔壁的小房間。

結果怎麼了呢？在那間房間的正中央，端坐著那位應該才剛抵達，得了麻疹的孩子，他瘦了一大圈，臉色蒼白，一副快要哭出來的樣子，抱著新的小熊玩具。

「座敷童子！」有人大叫之後逃走了。大家也哇的一聲，一哄而散。座敷童子哭了起來。

這就是座敷童子。

除此之外，有一天，北上川朗妙寺潭邊的擺渡人向我說了這個故事。

「農曆八月十七日晚上，我喝了酒，很早就睡了。結果對岸有人大喊：『喂，有人在嗎？』我醒來，走出小屋一看，月亮正好高掛在天空的正中央。我很快就划船出發，到對岸一看，是個穿著紋付[4]，腰插著刀，穿著褲裙的漂亮小孩。他獨自一人，腳上套著白色鞋帶的草鞋。我問他：『你要過河嗎？』他說：『麻煩你了。』孩子上船坐好。當船划到正中央的時候，我偷偷觀察孩子。他把雙手端正地放在膝上坐好，抬頭仰望天空。

我問：『你現在要上哪去？又是打哪來的呢？』孩子用可愛的聲音回答：『我在那邊的笹田家待了很久，覺得膩了，想去別的地方。』問他為什麼膩了，孩子只顧著微笑，沒有回答。我又問他要上哪去，他說是『更木的齊藤家』。靠岸之後，孩子已經不見了，我則是坐在小屋的入口。不曉得是不是一場夢呢！不過我想一定是真的。後來，笹田家家道中落，更木齋藤家的人，病痛全都好了，兒子也唸完大學，家運愈來愈旺了。」

這就是座敷童子。

譯註1　鋪著榻榻米的房間。
譯註2　兒童手牽著手，繞圈圈的遊戲。
譯註3　原本的家族，通常由兄長繼承，弟弟便為分家。
譯註4　有家紋的男性禮服。

閑山

坂口安吾｜さかぐち　あんご

久而久之，他們愈來愈熟稔，成了無話不談的朋友。狸貓擔心獨居的和尚生活不方便，主動幫忙處理各種雜務，再加上受到和尚的高風亮節感化，便自行化身為小和尚的模樣，隨侍和尚身邊。

從前，越後之國魚沼的偏鄉，有一個閑山寺的六袋和尚，是附近一帶德高望重的老和尚。

初冬的深更，和尚就著心愛的積雪餘光抄經，幾乎忘了時間。這時，窗外伸進一隻毛茸茸的手，摸了他的臉。和尚改拿起朱筆，在牠的掌心寫下「花」字，後來，他又心無旁騖地埋首抄經。

黎明將近之時，窗外不斷傳來哭叫聲。不久，方才伸手進來的那位出聲說：「師父。我不小心調戲了有德的沙門，您寫下來的文字太沉重，讓我沒辦法走路回家。請您可憐可憐我，把這個字拿掉吧！」仔細一瞧，對方是一隻貍貓。他用硯台的水將筆沾濕，幫牠洗掉掌心的字後，牠鑽進雪中的陰影，消失在黑暗的深處。

第二天夜晚，有訪客敲打僧房的窗戶。打開防雨窗一看，昨夜的貍貓手拿著鐵杉的小樹枝，扔進屋裡就逃走了。

後來，每天晚上，牠都會帶來當季的草木，從窗戶來訪。久而久之，他們愈來愈熟稔，成了無話不談的朋友。貍貓擔心獨居的和尚生活不方便，主動幫忙處理各種雜務，再加上受到和尚的高風亮節感化，便自行化身為小和尚的模樣，隨侍和尚身邊。

這隻貍貓的小名叫做團九郎，在牠們一族也小有名氣。沒多久，牠就熟記經文，一起諷經[1]，也學會儀式，參與晨晚的坐禪，後來也不再害怕三十棒[2]了。

六袋和尚經常吟詠和歌、俳句，有機會就會雕刻一些佛像、菩薩像、羅漢像。他的羅漢像、居士像，面相都似狗或貍貓，應該是偶然的產物，與團九郎並無關連吧！

不知不覺中，團九郎也領會雕刻的樂趣。尋求適合的木材，待和尚熟睡之後，盤座於廚房的一隅，開始動鑿雕刻。牠旋即遠離雜念，屢屢忘卻長夜，竟不知天色將亮。

早在六日之前，六袋和尚便已預知自己的死期。他備妥各種事宜，沒留下遺言，也沒留下什麼特別的隻字片語，猶如到院子逍遙地散步一般，就此入寂[3]。

團九郎已經識得參禪的三摩地[4]，體會諷經、持誦的法喜，即使和尚已經圓寂，仍然沒有離開閑山寺。牠厭惡五蘊[5]的牽絆，發心只求一念解脫。

新來的住持叫做弁兆。他只是一個單純的嗜酒之徒。跟前一任住持的高風亮節相比，缺點多得數不清。不過，他仍然遵守一生不犯[6]的戒律，將一天所有的樂趣全都寄託在一醉或是一睡之上，也算是個平凡無奇的和尚。

弁兆把全副心思都放在品嘗三餐之上，即使是一碗湯，也有各種瑣碎的要求。他不准團九郎坐禪與諷經，命牠去山的陰影處摘採樹木嫩芽，而且經常叫牠桿製蕎麥麵。滿足了酒興之後，就叫團九郎幫他按摩肩膀，不久，就像熬煮菜頭（白蘿蔔）似的，咕嘟咕嘟地睡著了。每一件事都讓團九郎大感意外。只覺得他的一言一行都俗不可耐，幾乎教人不忍正視。

一天傍晚，團九郎化身為雲水僧[7]，走進山門。正好碰上弁兆在抱怨小和尚擅自外出，同時忙著準備他的美酒佳肴。

雲水僧的身高一丈六尺多，體格健壯，手腳有如古木。雙眼則如火炬般明亮，雙頰隆起有如岩塊，鼻孔呼呼地噴氣，嘴唇則如撚成一束的粗繩。

雲水僧走進廚房，擋在弁兆面前。接著，他以破鑼嗓般的聲音問道：

「你這醉漢，何不嘗佛法乎？」

弁兆手中的酒瓶落地，然後他把力氣集中在臍下的丹田，先大喝一聲回應。

這時，雲水僧安靜地蹲在旁邊的地爐邊。把左手揣在右邊的衣裡裡，將一隻健壯的手臂深深地探進宛如紅蓮般的烈焰之中。接著，他抓出一大塊燒紅的木炭，再次擋在弁兆的面前。

「瞳酒糟漢[8]，何不嘗佛法乎？」

雲水僧逐漸逼近，將火紅的炭塊湊到弁兆的鼻尖。弁兆已經失去大喝第二聲的勇氣。他不禁神色大變，往後退了一大步。

「你這掠虛頭漢[9]！」

雲水僧突然一躍而起，正想把燒紅的炭塊塞進弁兆嘴裡。弁兆有如飛鳥一般，流暢地轉身躲過，就這樣落荒而逃，再也沒人知道他的去向。

雲水僧成了住持。人們稱他為吞火和尚。他正是貍貓團九郎。他最恨懈怠，一心追求見性[10]成佛，熱衷坐禪，有時，他會徹夜雕刻佛像，享受寂靜的孤獨。

村子裡，有個叫做久次的狂徒。他嗤笑這初入佛門就沉迷於坐禪的和尚，於是趁著一回法會的傍晚，悄悄潛進廚房，在和尚的餐點之中，胡亂撒了一些拋光粉。據說服用拋光粉之後，就會不停放屁，怎麼也止不住。

結果，和尚才剛開講，就在放屁的誘惑之下，狼狽不堪。他將力量集中在肚臍之下的丹田，結果放屁的聲音更響亮了。放鬆丹田的力量，則心神不寧，淪落至束手無策的失控局面。

「我們先誦一段經吧！」

和尚強忍著腹痛，安靜地起身，端坐在木魚之前。他心裡盤算著，要趁優婆塞、優婆夷[11]合唱之際，偷偷解決。他打算先偷偷地放出一絲微風，結果事與願違，後來已經演變成一股大強風，再也無力防止奔逃而出的風勢。大風笛聲在高高的天花板迴盪，人們正覺得奇怪，停下誦經的聲音，傳出的風聲此起彼落，忽高忽低，猶如大珠小珠落玉盤。臭氣充滿了佛堂，人們忍不住以衣袖掩鼻，察覺有人起身之後，眾人爭先恐後地奪門而出。

釋迦牟尼成道之時，也曾經降魔。正法必定會遇到障礙。無法抑制放屁，為此嘗盡苦頭，表示離悟法尚有一大段距離。為了洩出之屁狼狽不堪，忘卻應為之事，表示未達全機透脫[12]，到達大自在之妙覺境界。也就是說，若能透脫[13]，得大解脫，無論拈花亦或放屁，兩者肯定沒有什麼差異。靜夜端坐時，團九郎做如此觀。

儘管如此，他仍然感嘆濟度[14]世人實在困難，於是到距離人煙約一里的深山中，蓋了一間草庵遁世，專心修行禪定。

到了冬季，一群鄉下表演者行經這座草庵。

雪國的農夫們有一個習俗，他們每年冬天都會失去故鄉的生計，所以在融雪之前，必須遠赴他鄉賺錢。賺錢的方式因地而異，有些人去灘或伊丹釀酒，有些人到江戶打雜，也隨村子而異，例如越後獅子[15]的村落，則傳承了到各個村子表演的神樂[16]、狂言[17]、芝居[18]等表演。儘管他們原本的正業是務農，副業多半也是世襲的制度，如今，這一帶的部落，每逢冬天還是會出門巡迴演出。在一丈深的雪上架設舞台，觀眾也在積雪上鋪蓆子，展開自己帶來的多層便當盒，一邊喝酒，一邊看表演。入場並沒有規定收取的金額，所以付錢的人非常少，通常都拿白米、味噌、蔬菜、酒來代替入場費，帶著全家大小來觀賞。表演者也只是樂於演出，在寒氣凜冽的雪地裡，猶如春風駘蕩。「三年前那個叫做勘平的年輕男演員怎麼啦？他演得很好，女孩子都很喜歡他呢！」「那傢伙娶媳婦啦，今年讓他放假。」中場休息的時候，舞台上下總是交流著類似的對話。據說看似團長的老爺爺，儘管外表有如終身的水呑百姓[19]，身材十分粗壯，卻能完美地演繹女形[20]，既優美又哀戚，讓人不禁哭濕了衣袖，演技數十年如一日。

當時，一行人正好有人生病了。幸好經過一間草庵，於是他們毫不客氣地把病人送進來，第二天、第三天，病情都不見好轉。由於他們急著趕路，便留下一人照料病人，整團的人都離開了。

病人在傍晚時發高燒，夜裡惡夢連連，夢魘不斷，多次要求喝水。到了黎明時分，總算沉沉睡去，這樣的日子日復一日。照料他的男子懇請和尚祈禱。因為他想起同村的某某人，以前也發高燒，束手無策之時，請真言宗的僧人為他祈禱，將唵摩耶底連的符咒化在水中服下，第二天高燒就退了，病也全好了。

「拙僧並非習得那等法力的活佛。」和尚回答。「誠如您所見，在下遠離紅塵，但求一念解脫，乃資質駑鈍、初入佛門之徒。只求徹悟生死，即心即佛、非心非佛的境界，卻未能斬除妄想。看破我這和尚的真相後，即可知在下功力依然十分淺薄，仍然是一名尿床鬼子（半夜睡覺時尿床的小和尚）。請別指望我的加持與祈禱。」完全不打算接受他的請求。

病人日漸衰弱，已經到了無法下床的地步。他經常懷念自己的故鄉，也思念著故里的人們。隨著日子經過，他的聲音愈來愈無力，照料他的朋友也愈來愈悲傷了。他執意懇求和尚為他祈禱。

「定命也，此為定命也。應視一切為空，心存雜念者，無法成佛。」

和尚的回答永遠只有這句話。猶如身旁沒有瀕死的病人，整天沉迷於禪定。趺坐[21]僧巨大的身型，彷彿施展妖術，盤據山寨的癩蛤蟆，莊嚴又宏偉，對方也無計可施。

儘管如此，病人的病情依然不斷惡化，藥石罔效，照料他的男子有空就會去搖搖沉迷於坐禪的和尚膝蓋，懇請他施展法力，除此之外，他也想不到其他更好的法子了。搖動和尚的膝蓋時，感覺彷彿碰到一顆根部粗壯的大松樹樹瘤，文風不動，也讓他感到十分絕望。

和尚厭惡俗世人類的執著，偶爾也會露出不悅的表情說：

「所謂生者必滅。您這般執著，只會擾亂他往生之素懷。」

後來，即使對方來搖他的膝蓋，他連眼睛都不肯睜開了。

然而，和尚的氣色幾乎快要趕上病人惡化的程度，不斷地失去光澤，健壯的體魄也泛著一股無可名狀的衰敗之勢。

春天到來，巡迴演出的一行人再次回到草庵，這時，病人已經奄奄一息。人們靜坐在不幸友人的枕邊，悲嘆不已，然而，此舉並不能挽回消逝的生命。

他們在草庵後山的半山腰，找了一片視野開闊的平地，含淚埋葬了朋友的遺體。和尚按照規矩，執行了迴向並引向西天，然而他的氣色愈來愈差，面色如土、浮腫不堪，眉宇之間流露著憂悶之色，全身充滿衰微之相，就連走路時，彷彿隨時都要失去力氣，看來非比尋常。

團長主動向前，為這段逼不得已的長期逗留所造成的困擾致歉，深深感謝他的迴向之勞。這時，和尚說：

「是的，善根、迴向乃比丘之職。更何況這副軀體，如您所見，在下只是一名捨棄俗世的沙門，無需言謝。只是，如您所言，若問在下之所求，但願您同情在下一念發起之心性，聊慰欲與世隔絕那初入佛門的駑鈍資質，勿使俗世的風情成為解脫的障礙，請儘快讓拙僧獨處吧！」

他說話時，中氣不足，氣喘吁吁。

人們只覺得掃興，急著整理遺物，向和尚告別。不過，看到和尚連一刻都不想等待的樣子讓他們十分不悅。

他們才剛出發，走了三、四十間，就聽見後方傳來一陣奇異的巨大聲響。那低沉的聲音，遍布整座山的地面，傳進耳裡，人們原本踩在地上的步伐，早已離地約七、八寸，浮在空中，他們想辦法把力量集中在丹田，直到聲音自然消失，他們才能再次踩在地上。

他們嚇了一跳，回頭望向草庵的方向，和尚倚在柱子上，呼吸急促，肩膀上下，用力地呼吸。

當人們再次聽見巨大聲響時，和尚的法衣有如向天空直奔而去，下襬在高處的空間展開來，人們自然地又失去腳下的土地，再次浮在空中。

庵寺的放屁和尚
將山中粉雪染成黃色
仲春時分出現紅葉
屁股對著佛像遭受懲罰
真不可思議
結果佛像還是亮晶晶

可喜可賀　可喜可賀

有一回，村人有事來求和尚，造訪草庵。走進門口，他旋即發現正在坐禪的和尚。

「我有一事相求。」

訪客對著和尚的背影，十分慎重地走進玄關。趺坐的和尚絲毫不動，也沒有回答。訪客說了四、五次，聲音也愈來愈高，同一段話說了好幾次，仍然像在對木像說話，完全得不到一點反應。

他百無聊賴地環顧四周，這才發現屋頂已經傾倒，到處都有破洞，有些洞甚至大到都能仰望天空了。下雨的日子，可能連撐傘也遮不住吧，也怪不得他這麼想，就連榻榻米都已經長了青苔。長長的蟲到處爬來爬去，有翅蟲見了積水便一擁而上，完全不像是人類住的房子。和尚也像是長了青苔似的，他那雄壯、巨大的身影，有如從溪谷底下挖出來的岩石，豐潤的額頭與雙頰都被汙垢染黑了，泛著岩石表面的黑亮光澤。

訪客慢慢湊到簷廊前方。

「喂，師父。」

他把頭伸進屋裡，喚了三、四回，對方似乎完全沒聽見他的聲音。

他終於等不及了，單膝跪坐在院子裡的簷廊上，整個人往前趴，伸長一隻手搖晃和尚的背。

「喂，師父。」

他立刻滾了一大圈，下一秒已經躺在地上。當時，他完全不知道該用什麼方式，說服自己接受方才經歷之事。

儘管只能看見和尚的背影，想像他臉上掠過一絲不悅的陰影，那一瞬間，他彷彿看見和尚的身影不斷膨脹，愈脹愈大，幾乎占滿整個房間。

顧不得腰痠背痛，訪客便朝向山下，逃回家了。

有一年，一名旅人黃昏時行經此地，正好看見有座破舊、頹圮的草庵，於是在此借宿一晚。

這時，草庵已經不見人跡，牆壁傾倒，天花板也掉了，晚風直撲而來，只覺寒風刺骨，雜草從地板的縫隙中冒出來，每當風吹來的時候，就會隨風搖擺。

深更之時，旅人突然聽見不可思議的聲響，醒了過來。聲音傳來的地點就在他旁邊，那是許多人的嘈雜聲響。聽起來像是從很遠的地方傳來的笑鬧聲，又像是身邊有許多人壓低了聲音的喧鬧。

旅人悄悄湊近聲音的來源。他的手在牆上摸索到一個洞，悄悄地一探究竟。於是，他看見不可思議的神奇景象。

洞裡有一個廣大的伽藍[22]。也不知道是哪裡來的光線，只泛著隱約的微光，因此無法得知伽藍有多深，天花板有多高。廣大的伽藍裡，坐滿了多得數不清的小和尚，他們不停地蠢動。有人拉著別人的袖子，有人用雙手掩著嘴巴，有人敲著自己的頭，另一個人則捧腹大笑，每個人的動作都不盡相同，他們吵嚷著、笑鬧著。

不久，最深處有一名小和尚站起來。他的左右手各持一根小樹枝，彷彿用肩膀扛著樹枝似的，伸長了雙臂，高聲歌唱。

「花還未開。」

一邊唱著，他翹著屁股，像跳躍一般，輕盈地跳起舞來。

「唉呀，好害羞。好害羞。」

小和尚唱起有趣的旋律，將雙手的小樹枝高舉至頭上，不停地轉圈圈。跳完之後，輕輕翹起屁股，一腳往前踢，放了一個屁。

花還未開。

唉呀，好害羞。好害羞。

小和尚跳舞、歌唱、放屁，看來十分愉快。同樣的歌曲，同樣的舞蹈，只見他愈跳愈起勁，放屁的聲音也充滿活力，愈來愈活潑，速度也愈來愈快。

每當他放屁的時候，其他小和尚就會跟著起鬨。有人拍手，有人捏鼻子，也有人掩住耳朵，還有人捏住旁人的鼻子，同力一擰。他們吵嚷著、尖叫著，接著有人倒立，有人鑽過別人的跨下，還有人躺下來前滾翻，不斷揮舞著雙腳。

儘管這副景象十分怪異，旅人仍舊忍俊不住，忘記自己窺探的身分，噗哧一聲笑了出來。

吵嚷與幽光一起消失了，接著，只剩一片漆黑。只剩下自己的笑聲，詭異地傳進耳裡，有人用力地抓住他，旅人已經被壓在地上。他用盡全力掙扎，焦急地想要逃走，壓住他的人則使出雙倍的怪力。當旅人耗盡力氣，失去抵抗的力氣時，他感到有一條毛茸茸的腿跨在他的肩上，雙腿用力，鎖住他的脖子。

當他回過神來，發現自己已經躺在草庵的外頭，全身沾滿露水，受到清晨陽光的曝曬。

村人集合起來，把草庵拆掉，他們在佛壇下方的地板底下，發現一副巨大的動物骸骨。白骨一隻手的手心裡，寫著朱紅的「花」字。

村人可憐牠，為牠立了一座墳塚，在周圍種了許許多多的櫻花樹。據說人們稱它為花塚，傳說中，每逢春天櫻樹開花之際，墳塚附近的群山都會刮起一陣狂風，整夜呼嘯著悲戚的風聲，花瓣將在一夜之間全數散盡。那座花塚如今何在？就連耆老都不清楚了。

譯註1　佛教用語，朗誦佛經。
譯註2　挨三十棒原本是幫助修行者悟道的方法，後來衍生為禪宗師父嚴厲斥責修行者，指引他走向正道。
譯註3　佛教用語，指僧尼之死。
譯註4　又稱三昧，指安定、專注、不散亂的狀態。
譯註5　佛教用語，指色蘊、受蘊、想蘊、行蘊和識蘊等人類存在的基本要素。
譯註6　遵守戒律，一生不與異性交往。
譯註7　雲遊四海的行腳僧。
譯註8　嘗古人酒糟的劣漢。
譯註9　佛教用語，斥責慢心躁急、似是而非之禪者。
譯註10　佛教用語，指明證、悟見本心佛性。
譯註11　善男，已皈依佛法的男性信徒，女性則為優婆夷。

譯註12 佛教用語，達到解脱自在無礙之境地者。

譯註13 超脱。

譯註14 佛教用語，救助他人脱離輪迴苦海。

譯註15 源於新潟的鄉土歌舞表演。

譯註16 祭神的歌舞表演。

譯註17 由猿樂發展而來的喜劇。

譯註18 最早是觀眾席地而坐的歌舞、戲劇表演。

譯註19 窮到只能喝水的平民，在江戶時代多指貧窮的農民。

譯註20 戲劇中的年輕女性角色。

譯註21 佛教修禪者雙足交疊而坐。

譯註22 僧侶修行的清淨佛堂。

來自黃泉

久生十蘭｜ひさお　じゅうらん

要是能準備供桌，焚燒苧麻殼，遵照傳統的規矩迎接亡魂，不知該有多好，不過，他只能依稀記得擺設的物品，完全不知道詳細的步驟，心裡也覺得相當懊悔。

一

「九點二十分……」

在新橋的月台上，魚返光太郎對著手表喃喃自語。

今天會是個忙碌的日子。十點有兩組客人要來看塞尚[1]的《靜物》。十一點呢……夫人要帶盧西恩．格雷夫大師的項鍊收藏品過來。下午兩點……房子的家具競標。四點則是……。光太郎熟知詩詞與音樂，甚至接獲藝術雜誌邀稿，請他撰寫藝術評論，對於他這種一流的經理人來說，談生意與商機中不可或缺的一件事，是它們猶如戰爭，贏了就是贏了，輸了就該乖乖認輸。

這次的最後一場歐洲大撤退，光太郎表現得非常傑出。當眾人狂買危險的鑽石，費盡心思進行那些根本沒賺頭的交易時，光太郎標得莫內[2]、雷諾瓦[3]、盧梭[4]、福拉哥納爾[5]、維梅爾[6]的三件作品等優秀的收藏品，萬無一失地處理手頭的現金。

仲介業者的洞見與敏銳度，十分類似詩人在倦怠及夢想中湧現的靈感，一旦沉迷於這份工作，人生的滋味就只剩下滴水不漏地做好一切安排，除此之外的事，在他們的眼中，全都像是褪了色的花朵。

光太郎站在月台，吟味著今天的工作時，頂著一頭有如鸚鵡冠毛般凌亂的白髮，六十歲上下的西方人，急急忙忙地從西口的樓梯爬上來。

「啊，是魯丹先生。」

他穿著那身招牌的老舊吸煙外套[7]，不過今天卻穿著燙出折線的直條紋長褲，捧著以油蠟紙包裹的大花束。有如在洛曼[8]喜劇中的橋段，「為愛癡狂的翰林院博士特爾哈戴克捧著花束，從舞台右側登場」。

梅塔莎伯爵夫人在早稻田大學擔任法文系講師，已經是二十年前的事了。魯丹先生還比她早上十年，他已經在日本居住三十年，是一名低調內斂的老雅儒，在光太郎的印象中，從未見過他這樣的一面。

魯丹先生開設私塾照顧學生，除了光太郎之外，還有光太郎在世上唯一的血親——他的表妹阿京，在魯丹先生的指導之下，準備大學入學資格考，要是沒有這場戰爭，她應該已經被送到巴黎第一大學了吧！

魯丹先生對待弟子有如自己的兒女一般。只要是為了弟子，他從來不曾吝惜智慧與葡萄酒。一旦他們通過資格考，即將前往巴黎之時，貧窮的魯丹先生也會開一瓶愛侶園或伊更堡，就連巴黎「馬克西姆」都難得一見的波爾多或勃根地的最高級老酒，祝福弟子邁向新的階段。

光太郎也曾是蒙受祝福後出國的其中一人，他原本應該在巴黎研究藝術史，卻成了新進的全能經理人，回到睽違八年的日本。

魯丹先生家與光太郎家的距離還不到一千公尺，由於他心裡十分尷尬，只在對方家的玄關打過一次招呼就離開了，後來，自然也沒有見面的機會。

光太郎覺得有點困擾，不過月台上了也沒有地方可躲，於是他乾脆放棄了，打算假裝沒看見，這時，魯丹先生看見光太郎。

「哦哦，是光太郎。」

說著，他走了過來。

「好久不見。您今天要上哪去呢？」

魯丹先生瞪著光太郎的手提包看了一會兒，把視線轉到其他地方，話中帶刺地說：

「還用說嗎？今天是盂蘭盆節[9]，我要去掃墓。」

七月十三日……對了，今天開始是盂蘭盆節。話說回來，每逢十月二日的「亡靈節」[10]，他總會在已經過世的大人遺照旁擺上菊花，從不曾聽說他在盂蘭盆節掃墓。

「冒昧請教一下，請問您要去給誰掃墓呢？」

他問完，魯丹先生難得用法語低聲說：

「Insupportable！（受不了你！）」

魯丹先生以責備的眼神，回頭望著光太郎的臉。

「你應該知道，在這場戰爭中，我失去了很多的弟子吧！」

光太郎心想，原來是這樣啊，不得不斂起目光。

「十八個人，……一個都不剩了。你應該不會嫌太少吧！沒想到來到日本之後，竟然會遇到這種事。」

魯丹先生拿出手帕，擤擤鼻子，拿在手上。

「唉，抱怨也沒什麼用。總之，無論如何，這場戰爭的『意義』已經有所定奪了。那些不知為何而死，飄浮在空中的靈魂，這下也該放下了吧！今年的盂蘭盆節，是數百萬名戰爭犧牲者的新盆[11]。所以，我今天要邀請大家來我那裡，辦一場盛大的酒會。」

「酒會是什麼意思？」

「這是我跟大家的約定。戰爭結束之後，要來辦一場皇家規格的大酒會。也就是說，我現在要去邀請祂們。……按照規矩，我應該提著燈籠，傍晚到墳墓去迎接祂們，反正大家都很自由嘛，應該不會拘泥這形式吧！我怕祂們搞錯，還放了名片呢！」

「不過，對於天主教來說，招魂術是異端吧！」

「為什麼這麼說呢？再也沒有比天主教信徒更喜歡操控靈魂的人了。他們總是不停地召喚故人，幾乎到了讓人厭煩的地步，而且還要問一些不知道該怎麼回答的蠢問題。一年一度，點火迎接，靜候亡靈上門，這麼做優美多了呢！要是祂們不肯來，說不定還會用蠻力硬拉祂們出來。」

「請讓我與您同行吧！」

「算了吧！聖經說：『任憑死人埋葬他們的死人。』這句話真是太棒了。我昨天已經把所有人的墓都繞了一圈，可是沒有一座墳墓清掃過。看來，日本人根本無暇顧及在戰爭中死去的人們。有人說死去的人都是蠢材，所以那些人還沒放下吧！」

「請問，您有沒有邀請阿京呢？」

「你愈來愈像法國人了。而且還是法國的壞蛋。你這個問題啊，與其說是冷酷無情，不如說是漠不關心吧！阿京小姐的遺骨還在新幾內亞。距離可遠了。雖然我沒辦法去接她，不過阿京小姐一定會來的。像你這樣的俗人是不會明白的。」

「您這話還真過分呢！」

「過分的是你吧！聽說這八年來，你根本沒寄過任何一封信給阿京小姐。」

「阿京跟您提過這件事嗎？她這八年也從來沒寄信給我啊！」

「你說的也沒錯。不過，是你害她不敢寫的吧！你把阿京小姐當成小孩一樣，所以阿京小姐根本不敢輕舉妄動。雖然阿京小姐很喜歡你，不過好像放棄了。阿京小姐來跟我道別的那一晚，下了一場好大的雪，她來的時候全身是雪，臉色發青。然後說了很多你的事。還說希望你能跟別人結婚，這樣她就能早點放下了。」

「那孩子說了這種話？」

「那孩子……她還說了等你回國之後，她要在自己的朋友中挑一個好對象，當你的新娘……無聊，別說了吧！阿京小姐說她腦海中永遠都只想著你的事，現在不知道怎麼了。反正她已經死啦……好了，好了，你快去你的事務所，去忙你的交易吧！你要去日本橋吧？欸，你的電車來了。」

二

他在神田下車，這裡的市場熱鬧非凡，在灼熱的陽光下，充斥著揚塵與食物的氣味，宛如修羅地獄般，喧鬧不已。

不管是賣家還是買家，都全力展現宛如動物般的生命力，形成鮮明的對比，完全感受不到任何一絲這個死了三百萬人的國家在盂蘭盆節時應有的哀愁之色。

光太郎驀然想起十月二日的亡靈節，巴黎的肅靜模樣。巴黎的商店紛紛關上百葉門，劇院跟電影院都公休一天，大馬路上只看得見穿著喪服的人們，散發宜人的菊花香氣，急著前往墓地的身影。

拉雪茲神父公墓（Cimetière du Père-Lachaise）位於巴黎的高地，往上走有一家咖啡廳「Bellevue de Tombeau」。也可以稱它為「墓園眺望亭」。坐在那裡的露台，就能將下方墓園的景象盡收眼底。

每逢「亡靈節」，光太郎經常到那裡報到。手牽著手的老年夫妻、戴黑色面紗的年輕寡婦、拄拐杖的殘疾退伍軍人、無精打采的孩子……，穿著喪服的安靜人們，來到這個露台，再次緬懷他們方才置放花束的墳地。大家把手放在桌上，拄著下巴，悲傷的目光飄向絲柏小徑。每一張臉都了解「死亡」的意義，表情肅穆地悼念死亡，他沉浸於感慨之中，心想如果能在這個國家死去，應該很愉快吧！

「這可不行啊。」

光太郎喃喃自語，擦了擦汗。

光太郎家族中的人接二連三地死去，幾乎讓人大感不可思議，只剩下阿京這個唯一的親人。不過，聽說她志願成為女性軍隊文職人員，前往新幾內亞，死於凱馬納之時，他並沒有受到什麼特別的打擊，直到今天，與魯丹先生碰面之前，他甚至不曾想起她。

光太郎前往事務所之後，打電話回絕了所有今天跟他有約的人。從明天起，大概又要勤奮地忙著過他的庸俗人生，不過，他希望至少能把今天全部的時間，都用來緬懷阿京。

光太郎的家在下町[12]，他還記得祖母在世之時，盂蘭盆節總是辦得熱熱鬧鬧。把茭白筍鋪在地上當蓆子，搭建籬笆，在矮竹叢掛上小葫蘆與掛金燈。帶著未展開嫩葉的蓮花苞，葛餅[13]配砧卷[14]，以茭白筍葉編成的馬，以蓮葉為盤，盛裝糯米糰子與茄子絲……。祖母說：「來吧，請各位趁天色還亮的時候，過來吧！」並點火迎接。

要是能準備供桌，焚燒苧麻殼，遵照傳統的規矩迎接亡魂，不知該有多好，不過，他只能依稀記得擺設的物品，完全不知道詳細的步驟，心裡也覺得相當懊悔。

光太郎窩在椅子上想了很久，接下來只能自己亂搞一通了，於是他打電話給朋友。

「今天想要麻煩你幫一個忙。」

「聽起來很棘手呢……。你需要什麼？」

「巧克力、糖果、糖漬栗子、奶油麵包……就這類的東西吧！」

「嘿嘿，你到底要幹嘛啊？」

「還有，是女生要喝的，你那裡有支微甜的利口酒吧？」

「不好意思，我沒有！蘇玳貴腐甜白酒的話，我倒是還有。」

「哦，就那個吧！傍晚五點來得及嗎？」

「知道了。我再幫你送過去。」

傍晚時分，他將收到的物品包起來，順道去銀座的「Bonton」，外帶綜合開胃菜，帶著這些東西回家，手忙腳亂地排在客廳的茶几上，不過感覺不太對勁。他又把它們移到暖爐架上，或是陳設在鋼琴上，不知道具體的形式倒也於事無補了，不管怎麼看，他都覺得不順眼。

他心想，要是擺一張照片就好了，卻連一張都找不到。在他的記憶中，她的照片應該在八年前，出發前往歐洲之時，跟往來藝妓的照片一起燒掉了。

他覺得束手無策，落寞地坐在椅子上，聽著蟋蟀的叫聲，這個世界再也沒有任何親人的孤獨湧上心頭，他深深體會一件事，阿京是他無可取代的重要人物。

事到如今，已經不可能挽回了，若是當時的自己能多幾分柔情，也許會把阿京找去巴黎，她就不會死在新幾內亞了，也就是說，害死阿京的，是自己的冷淡。

雖然他不覺得阿京會現形，不過，假如她來了，應該會有一些徵兆吧，光太郎應該不會完全沒感覺才對，然而，他只能感覺到從陽台吹進來的煦煦微風，絲毫感受不到任何阿京的氣息。

「為什麼？為什麼？」

光太郎盯著乖乖站在鋼琴上的葡萄酒瓶、盤子裡毫無生氣的開胃菜，他忍不住為自己的自私露出苦笑。

魯丹先生那邊的情況不知如何？他到陽台一探，發現他家餐廳的窗戶洩出電燈明亮的光線，看來酒會已經開始了，還能聽見魯丹先生開心時都要奏上一曲的難聽鋼琴聲。

光太郎以前住在銀座一丁目，阿京的家在新堀。

阿京是父親五十五歲時才產下的第一個女孩，上面的三個全都夭折了，因此他的喜悅之情無可言表，幾乎到了讓人以為他們全家都瘋了的地步。

當時，堀川家的家勢還十分興旺，人稱闊氣堀川的爺爺還在世，邀請一百人到福井樓，盛大地慶祝帶夜[15]。光是藝妓的人數，就十分驚人。聽說當天晚上的佳肴，一人份就要四百日圓，大家都讚不絕口。

大概是阿京六歲的時候吧！光太郎去堀川家玩的時候，阿京的父親——新造邀請他：「我今天要跟阿京去賞月，你也一起來吧！」

阿京由七名藝妓照顧，船從橋光亭出發，一直划到綾瀨，阿京的父親準備了數量多如一座小山，貼滿銀箔的扇子，說：「來啊，大家一起扔。」藝妓們分別到船頭、船身、船尾，各自將銀扇拋進天空中、拋到河面，扇子有如翩翩飛舞的鴴鳥，在月光下閃耀著光輝，美得如夢似幻。

阿京坐在內間的座墊上，倚在父親膝頭，笑咪咪地欣賞著。

由於她在這樣的環境中成長，自然是溫婉又優雅，要是不管她，一整天都不會開口吃飯，只會乖巧地坐著。她絕對不會提出無理的要求，也不是個急躁的人。

昭和十年[16]冬天，堀川家失火了，在大火中付之一炬，她的父母不想再待在東京，於是搬到鵠沼[17]，不久就過世了。將阿京託給赤坂表町的須藤律師照顧，就讀三崎町的法英和女學校[18]，星期三則會到魯丹先生那裡學習法語。如今回想起來，也許是決定讓光太郎帶她去法國，才會做這些準備吧！

在光太郎離開日本的前一晚，阿京前來道別。她穿著茄子底色，拔染[19]出白色井字男性圖案的銘仙[20]，搭配沒有任何一絲汙點的簇新結城[21]襪套，一身俐落地來訪，說：「我來跟您拿奶奶的琴爪[22]。」

奶奶的琴爪，是琴古流[23]名家光太郎的祖母過世時，指定要留給阿京的遺物。

光太郎問她怎麼了，她說：

「我想您已經不會回日本了吧，要是今天沒跟您拿，以後恐怕沒機會拿了。」

這時有個聲音說：

「有您的訪客。」

他嚇了一跳，抬起頭，看到女傭站在一旁。

「誰啊？」

「呃，是個大約二十二、三歲的年輕千金小姐。」

光太郎「咦」了一聲，從椅子上站起來。

三

走到玄關一看，一名目光炯炯有神，五官分明，氣質優雅，完全符合千金小姐形象的人站在那裡。

她開口問道：

「請問您是以前住在銀座的魚返先生嗎？」

光太郎回答是，她愉快地自言自語：「果然沒錯。」

帶她進客廳後，千代斜放著一雙比一般日本人還長的雙腿，坐在椅子上，以稚嫩卻又得體、穩重的聲音說：

「我是以前住在銀座今屋，伊草家的人，我叫做千代，前陣子才從新幾內亞返國，今天貿然來訪，是為了跟您聊一些阿京的事。」

「感謝您的好意。我這裡沒有阿京的靈位，卻做了這些怪事，還請您不要見怪，放輕鬆吧！」

「謝謝您。坦白說，我剛回國的時候就想登門拜訪了，不過，我不知道您的住處。」

「今屋那裡的建築，以前可是銀座的招牌呢！那些都是明治初期的西式老房子，也是第一個進口油畫顏料的地方，所以我記得很清楚。您是什麼時候在新幾內亞認識阿京的呢？」

「阿京小姐很快就去凱馬納了，我們受到各種追兵的攻擊，才逃到那裡，我與阿京小姐認識的時候，大約是戰爭結束的半年前吧！」

「凱馬納是個什麼樣的地方呢？」

「回國之後，我讀了紀德[24]的《剛果之行》（*Voyage au Congo*），這才覺得那裡完全符合其中〈班基與諾拉之間的巨林〉（La grande forêt entre Bangui et Nola）章節裡的描寫。……書裡寫著，抬頭仰望時，幾乎教人暈眩的巨木排成一列，到處走來走去，大概就是那種感覺吧！」

「好像不難想像呢！」

「我們的工作很辛苦呢！雨季長達半年，暴雨每天都像瀑布一樣下著，雨季好不容易才結束，氣溫一下子熱了起來，活字都膨脹了，把手明明沒有拉起來，卻連打印系統都亂了調，一直打錯資料。……當時適逢巴布[25]作戰，因為作戰的關係，資料全都是暗號，我們花了五天時間，才完成大部分的資料，上面命令我們連一個字都不准打錯。那段日子，每天都像在燃燒生命一般，我們回到宿舍的時候，都已經沒力氣做其他事情了，只想馬上躺平，不過阿京小姐竟然把池凍帖[26]擺好，開始練習書法，或是彈彈琴，一個人玩得很開心。」

「您說的琴，是十三絃琴嗎？」

「是的，沒錯。醫院有個叫做秋田的軍醫，據說他是京都有名的製琴師，他發現阿京小姐的房裡有琴爪，便說：『不如我做一把琴給妳吧！』用那一帶的柳安木和坦吉爾木之類的木材，幫她做了一把琴。那一把琴的琴面木紋非常有趣，音色也非常動人。」

「原來還有這段往事啊。我從來都沒想過呢！」

「我們值夜班到很晚，藉著月光回家，有時會聽見叢林深處傳來《由緣》的樂聲，頓時萌生一股筆墨難以形容的思緒。」

光太郎斂著視線，皎潔的月光之下，由橫亙數千年歷史的密林中流洩而出的琴聲，該有多麼淒婉，他彷彿見到戴著那副琴爪彈琴的阿京，突然感到一絲寒意。

「阿京小姐就是那樣的個性，雖然她沒說出口，不過當時她已經病得很嚴重了。戰爭即將結束之時，她回家的時候被雨淋濕了，咳了很多血，後來就每況愈下，送進病房之後，很快就病危了……於是我代表大家跟她道別，她的枕邊放著《謠曲全集》那本書，於是我說：『妳在看這個啊？』她說：『對啊，裡面有許多好看的橋段，我覺得很棒。』於是聊起《松蟲》[27]，跟朋友走在冬季的枯原裡，講到朋友不知何時死去的情節，她突然安靜下來，瞪大了雙眼，直盯著天花板哦。我正在想她不知道怎麼了，瞧瞧她的臉，想不到她的眼睛眨也不眨地，於是我大叫：『阿京小姐、阿京小姐，妳還好嗎？』阿京小姐以一種如夢初醒般的眼神，看著我的臉，說：『好好玩哦，我剛才去了一趟巴黎。』……我問：『這樣啊，那裡有什麼風景呢？』她說：『那裡應該是瑪德蓮教堂吧，那座寺院有一整排粗大的圓柱，光太郎走在寺院前方的馬路上，一邊抽著菸。』」

「請問那是什麼時候的事呢？」

「六月二十七日。她過世的那天早上……天色轉暗之後，即將臨終之際，她露出難以言喻的美麗表情，說：『我很喜歡《松蟲》，它的文字十分動人。』用悅耳的聲音，朗讀歌謠的部分。

這時，部隊長來了，他說：『辛苦了。在這種地方死去，真是可憐。妳有沒有什麼願望？別客氣，儘管說吧！什麼事都可以。』於是阿京小姐說：『那麼，請您讓我看看雪吧！』

『雪……妳說的雪，是天上下的雪嗎？』『對，是的，就是它。』『這可難倒我了，我又不是神，怎麼可能讓新幾內亞下雪呢？』語畢，阿京小姐笑著說：『開玩笑的。從本土出發的那一夜，下了一場好美的雪，所以我才想再看一下。』

這時，軍醫長附在部隊長耳邊，說了幾句話，部隊長便一展愁眉，說：『就這麼辦吧！』把阿京小姐搬到擔架上，運到下方的溪谷。

我們正在想接下來不知道會發生什麼事，跟著擔架，一直走到溪谷的河邊，這時，天空的高處飄下一種既不像水霧，也不像粉末或輕灰的物體，輕飄飄的雪不斷地、若隱若現地落下來，看了一會兒，森林與溪流都被染成一片雪白。

部隊長高聲對阿京小姐說：『看吧！我為妳下了一場雪。』阿京小姐矇矓地睜開眼睛，『下雪了，好美呀。』陶醉地欣賞美景，不久，她這回終於像是睡覺了一般，閉上雙眼。」

「那場雪是怎麼回事？」

「據說那是新幾內亞的雨季結束後，經常發生的現象，不知幾億還是幾千萬的蜉蝣大隊，全都聚集到河邊。」

「謝謝。要是沒聽您說起這件事，我可能一輩子都不知道。」

說到這裡，他覺得好奇，不曉得她從哪裡打聽到自己的住處，便說：

「這間屋子，我一直都租給別人，房客直到前天才搬走，我剛搬進來，還來不及通知大家我搬家了，您竟然能找到這裡。」

伊草看著光太郎的臉，說：

「是的，我今天去前面的宋林寺掃墓。我平常都從六阿彌陀那裡回家，今天也不知道為什麼，繞到長明寺那邊，結果迷路了，在這附近繞了好幾圈，不小心看見府上的門牌，寫著魚返。我想至少該打聽一下，於是隨意走進玄關。可是，仔細想想，我實在很不正經。我好丟臉啊。」

說著，她的臉微微泛紅。

光太郎回想起魯丹先生今天早上說的話，說是阿京會向光太郎推薦自己的朋友，當他的太太，他明確地理解阿京將這位女子帶到此處的意志。

他突然用不同的目光，重新把她打量一遍，逐漸發現許多剛才沒察覺的各種優點。

沐浴在月光下的無瑕肌膚，炯炯有神、討喜又深邃的眼神，未加修飾的唇色看來十分健康，全都是光太郎以前曾經跟阿京提過的欣賞重點。她穿著淺梔子色的麻質訂製套裝，仔細一看，這才發現胸口的褶線其實像是由裡往外敲出來的葡萄圖案大膽浮雕，與看似葡萄果實的石榴石項鍊互相呼應，在日本通常以慘敗收場的巴洛克品味，她卻成功地駕馭這個風格。

伊草家的女子回家後，光太郎還站在玄關，雙手抱胸，心想接下來阿京應該要去魯丹先生那裡了，至少送她到門口吧！

「幫我點個燈籠吧！」

女傭露出驚訝的表情。

「呃，燈籠嗎？手電筒不行嗎？」

「不行，燈籠比較好。」

光太郎提著燈籠，優閒地走向魯丹先生家的方向，走到修馬路塌陷的地方時，下意識地說：

「喂，這裡有個洞。我牽妳吧！」

向黑暗中，伸出他的手。

譯註1 Paul Cézanne，一八三九—一九〇六。法國畫家。

譯註2 Oscar-Claude Monet，一八四〇—一九二六。法國印象派畫家。

譯註3 Pierre-Auguste Renoir，一八四一—一九一九。法國印象派畫家。

譯註4 Henri Julien Félix Rousseau，一八四四—一九一〇。法國印象派畫家。

譯註5 Jean-Honoré Fragonard，一七三二—一八〇六。法國洛可可時期畫家。

譯註6 Johannes Vermeer，一六三二—一六七五。荷蘭黃金時代畫家。代表作為《戴珍珠耳環的少女》。

譯註7 smoking jacket，最早是日常穿的防塵便服。

譯註8 Jules Romains，一八八五—一九七二。法國作家、詩人。

譯註9 日本的節日，於七月十三日—十六日之間進行，類似中元節，日本人會在這段期間掃墓，迎接故人回歸。

譯註10 源於墨西哥的節日，類似西方的萬聖節。

譯註11 結束四十九天法會後，第一次的盂蘭盆節。
譯註12 庶民聚集的商業住宅區。
譯註13 以葛粉製成的日式點心。
譯註14 以切成薄片的白蘿蔔包裹食材，捲成筒狀，切成片狀食用。
譯註15 孕婦懷孕五個月，進入安定期之後，纏上腰帶，祈求順產的儀式。
譯註16 一九三五年。
譯註17 位於神奈川縣。
譯註18 今白百合學園國、高中部的前身。
譯註19 在染色的布料塗上拔染藥劑，去除布料顏色的花紋加工。
譯註20 一種平織的日常用絲織品。
譯註21 結城紬，一種堅固耐用的絲織品。
譯註22 彈琴時戴的甲片。
譯註23 由黑澤琴古創始的流派。
譯註24 André Paul Guillaume Gide，一八六九—一九五一。法國作家。一九四七年諾貝爾文學獎得主。
譯註25 Babo，新幾內亞賓圖尼灣南岸的城市。
譯註26 大橋重政的書法作品集。
譯註27 金春蟬竹編寫的能劇作品。

山之怪

田中貢太郎｜たなか　こうたろう

那裡長了一些鐵杉，有點昏暗。半兵衛走到那裡，便把手上的獵槍背在肩上。髫鬚地衣像女子的秀髮一般，纏在巨大的鐵杉上，從後方快步走出一名蓄著雪白落腮鬍的老僧，擋在半兵衛面前，張開雙手。

在土佐長岡郡的深處，有個叫做本山的地方。現在已經頒布町制[1]，所以叫做町了，從前，這個地方叫做本山鄉。四國三郎[2]的吉野川流經這座村子，所謂的村落，只是沿著河岸的一小塊平地，周圍都是高峰峻嶺。

本山有一座叫做吉延的溪谷，山豬與鹿等大型野獸會在那裡出沒，是山林獵人不會錯過的地方，不過，這座溪谷時常傳出不可思議的事件，膽小的人通常敬而遠之。初冬時分。獵人半兵衛帶著獵槍和係蹄[3]，前往吉延谷。這男人竟能坦然前往一般人聞之色變的吉延谷，肯定是個大膽的人。他抵達吉延谷時，還是黎明之前，林子下方一片漆黑。他根據多年的經驗，思索野獸可能會經過的地點，憑感覺安裝好係蹄，坐在一旁的石頭後方，架好背在肩上的獵槍，從腰間的小腰包取出煙斗，填入菸草，以點火繩引燃，安靜地抽著菸，等待野獸上門。

冰冷的風從頭上吹過，結霜的露水時而滴落在臉頰上。半兵衛抽著菸，豎起耳朵傾聽，留意有沒有野獸的腳步聲。不久，夜色逐漸轉亮。他抬頭仰望天空，天色愈來愈蒼白，只見兩顆失去光采的星子，掛在鐵杉的樹梢。

林子底下也漸漸地亮了起來，慢慢地可以辨識樹葉的色彩與形狀了。設置係蹄的地方，距離此處只有五、六間的距離，位於山腳下一個像小溝般凹陷的地方。半兵衛心想，差不多是野獸出來尋覓早餐的時刻了，於是把煙斗收進小腰包裡，再綁在腰上，一隻手拿起架著的獵槍，做好隨時都能射擊的準備動作。

閃現紫色光澤的山蚯蚓，宛如一條小蛇，不知道從哪裡爬了過來，勾在係蹄的鐵絲上。半兵衛發現了牠。

（沒想到還有這種大蚯蚓。）

後來，蚯蚓再也不動了。這時，一旁枯黃的草叢中，有東西簌簌地蠕動著。那是一隻土黃色的青蛙。青蛙的眼睛滴溜溜地轉著，爬向係蹄旁邊，停下腳步，歪著頭像在思考著什麼似的，不久，才看到牠張開了大嘴，就已經咬住山蚯蚓，瞪大了眼睛，把牠吞下去。青蛙像是好不容易才了結一項任務似的，蹲在原地。

不知道打哪又來了一條黑底紅斑點的小蛇，爬到青蛙身後。半兵衛不曾把目光移開，直盯著看。蛇來到青蛙旁邊，抬起牠那宛如鐮刀般的脖子，吐出猶如紅針一般的舌頭，吐了兩次之後，咬住青蛙的一隻腳。青蛙大受驚嚇，正要逃走，不過再也逃不了了，身體逐漸消失在蛇的嘴裡。

（還真是不吉利啊。）

半兵衛登時覺得不太舒服。在半兵衛的眼前，掠過一隻長著灰毛、體型巨大的生物。溪谷下方的森林裡，突然鑽出一隻大野豬，幾乎掠過半兵衛的鼻尖，往係蹄的方向移動。半兵衛架好獵槍。野豬一口吞下那條吞掉青蛙後，正要爬向另一頭的蛇。同時，半兵衛也插入點火繩。他心想，壯如小牛的野豬應該會隨著獵槍的轟然巨響，砰地一聲倒在地上吧，不過獵槍只發出清脆的一響，野豬仍然悠然往另一頭走去。半兵衛覺得自己失敗了，急著充填第二發子彈，待他充填完畢之後，早已看不見野豬的影子了。

（今天真倒楣。）

半兵衛握著獵槍想著，仔細一想，還真不可思議。

（今天一定沒什麼好事，回家吧，回家吧！）

半兵衛終於決定回家。他咂咂嘴，走向方才前來的路上，回到山谷的下方。那裡長了一些鐵杉，有點昏暗。半兵衛走到那裡，便把手上的獵槍背在肩上。鬍鬚地衣像女子的秀髮一般，纏在巨大的鐵杉上，從後方快步走出一名蓄著雪白落腮鬍的老僧，擋在半兵衛面前，張開雙手。

「妖怪，看招！」

半兵衛抽出插在腰際的山刀，朝著老僧的正面砍過去。這時，被砍成兩半，倒在地上的老僧，變成兩個人，張開雙手。就連大膽的半兵衛，也受到一些驚嚇。

「看你還能不能囂張！」

半兵衛朝著右邊的妖僧，正面砍過去，下一刀則由下往上砍向左邊僧人的身體。

「我這招如何？」

妖僧變成四個人，張開雙手。

「竟然還有這等能耐！」

半兵衛奮不顧身地用山刀亂砍一通。妖僧變成十四、五人。

「可惡！」

半兵衛胡亂地揮舞著他的刀，到處亂砍。他邊砍邊觀察，發現妖僧的數量愈砍愈多了。這時，半兵衛心想，這可不成，於是揮舞著刀，殺出一條路，落荒而逃。有如雨點般的小石子朝半兵衛飛來。半兵衛回頭又是一陣猛砍。莫約百餘人的妖僧，手上都拿著小石子，朝他扔個不停。石頭不斷打在半兵衛身上。半兵衛已經陷入瘋狂的狀態，砍向那群妖僧。

「可惡！可惡！可惡！」

半兵衛用盡全力吶喊，不停揮舞他的刀。他終於精疲力盡，不知是絆到樹根還是石頭，不小心把刀給弄丟了。要是再繼續這麼磨蹭下去，可能會被那些妖僧害死，於是他蜷著身子，抓到什麼就扔過去。

妖僧大軍開始退卻了。一、兩個妖僧逃走了。半兵衛見狀，又重新拾回力量，專心地扔個不停。妖僧的數量愈來愈少，已經七零八落了，最後，終於全都不見了。

半兵衛全身癱軟。同時，他覺得自己似乎可以正常思考了。儘管如此，他還是覺得妖僧就在附近，把雙手抓到的最後一把小石子，胡亂地扔了一陣子。小石子全都打在自己的胸口與頭上。他嚇了一跳，查看自己的身體。自己的身體周圍，堆滿了方才自己親手扔出去的小石子，自己的臉上與頭上全都是血。他嘆了一大口氣，環顧四周。只見愈來愈明亮的河岸，以及左方的溪流。那是吉野川的河畔。

譯註1　一八八八到一九四七年間，推行的地方自治法律。
譯註2　吉野川的別名。
譯註3　以繩套住獸足的捕獸工具。

小感日常13

和日本文豪一起找妖怪【下冊】

——雪女、神石、織布姥姥還有座敷童子……日本妖怪的神祕傳說

作　　者　柳田國男
譯　　者　侯詠馨
策　　劃　好室書品
特約編輯　陳靜惠、盧琳
校對協力　簡語謙、洪瑋其
封面設計　何仙玲
內頁排版　洪志杰

發 行 人　程顯灝
總 編 輯　呂增娣
編　　輯　吳雅芳、簡語謙
美術主編　劉錦堂
美術編輯　吳靖玟、劉庭安
行銷總監　呂增慧
資深行銷　吳孟蓉
行銷企劃　羅詠馨
發 行 部　侯莉莉
財 務 部　許麗娟、陳美齡
印　　務　許丁財
出 版 者　四塊玉文創有限公司

總 代 理　三友圖書有限公司
地　　址　一〇六台北市安和路二段二一三號四樓
電　　話　(02) 2377-4155
傳　　真　(02) 2377-4355
電子郵件　service@sanyau.com.tw
郵政劃撥　05844889 三友圖書有限公司

總 經 銷　大和書報圖書股份有限公司
地　　址　新北市新莊區五工五路二號
電　　話　(02) 8990-2588
傳　　真　(02) 2299-7900

製版印刷　卡樂彩色製版印刷有限公司

初　　版　二〇二〇年六月
定　　價　新台幣三〇〇元
ＩＳＢＮ　978-986-5510-21-3（平裝）

國家圖書館出版品預行編目 (CIP) 資料

和日本文豪一起找妖怪（下冊）：雪女、神石、織布姥姥還有座敷童子……日本妖怪的神祕傳說 / 柳田國男著 ; 侯詠馨譯 .-- 初版 . -- 台北市 : 四塊玉文創, 2020.06
面 ;　公分 . -- (小感日常 ; 13)
ISBN 978-986-5510-21-3(平裝)

861.58　　109006543

【黏貼處】對折後寄回，謝謝。

親愛的讀者：
感謝您購買《和日本文豪一起找妖怪【下冊】：雪女、神石、織布姥姥還有座敷童子……日本妖怪的神祕傳說》一書，為感謝您對本書的支持與愛護，只要填妥本回函，並寄回本社，即可成為三友圖書會員，將定期提供新書資訊及各種優惠給您。

姓名＿＿＿＿＿＿ 出生年月日＿＿＿＿＿＿
電話＿＿＿＿＿＿ E-mail＿＿＿＿＿＿
通訊地址＿＿＿＿＿＿
臉書帳號＿＿＿＿＿＿
部落格名稱＿＿＿＿＿＿

1 年齡
□ 18 歲以下 □ 19 歲～ 25 歲 □ 26 歲～ 35 歲 □ 36 歲～ 45 歲 □ 46 歲～ 55 歲
□ 56 歲～ 65 歲 □ 66 歲～ 75 歲 □ 76 歲～ 85 歲 □ 86 歲以上

2 職業
□軍公教 □工 □商 □自由業 □服務業 □農林漁牧業 □家管 □學生
□其他＿＿＿＿＿＿

3 您從何處購得本書？
□博客來 □金石堂網書 □讀冊 □誠品網書 □其他＿＿＿＿＿＿
□實體書店＿＿＿＿＿＿

4 您從何處得知本書？
□博客來 □金石堂網書 □讀冊 □誠品網書 □其他＿＿＿＿＿＿
□實體書店＿＿＿＿＿＿
□ FB（**四塊玉文創 / 橘子文化 / 食為天文創 三友圖書**－微胖男女編輯社）
□好好刊（雙月刊） □朋友推薦 □廣播媒體

5 您購買本書的因素有哪些？（可複選）
□作者 □內容 □圖片 □版面編排 □其他＿＿＿＿＿＿

6 您覺得本書的封面設計如何？
□非常滿意 □滿意 □普通 □很差 □其他＿＿＿＿＿＿

7 非常感謝您購買此書，您還對哪些主題有興趣？（可複選）
□中西食譜 □點心烘焙 □飲品類 □旅遊 □養生保健 □瘦身美妝 □手作 □寵物
□商業理財 □心靈療癒 □小說 □其他＿＿＿＿＿＿

8 您每個月的購書預算為多少金額？
□ 1,000 元以下 □ 1,001 ～ 2,000 元 □ 2,001 ～ 3,000 元 □ 3,001 ～ 4,000 元
□ 4,001 ～ 5,000 元 □ 5,001 元以上

9 若出版的書籍搭配贈品活動，您比較喜歡哪一類型的贈品？（可選 2 種）
□食品調味類 □鍋具類 □家電用品類 □書籍類 □生活用品類 □ DIY 手作類
□交通票券類 □展演活動票券類＿＿＿＿＿＿

10 您認為本書尚需改進之處？以及對我們的意見？
＿＿＿＿＿＿

感謝您的填寫，
您寶貴的建議是我們進步的動力！

【黏貼處】對折後寄回，謝謝。